AF305468

CATALOGUE

DES LIVRES

COMPOSANT LA BIBLIOTHÈQUE

Du CHATEAU de VAUX-PRASLIN

DONT LA VENTE AURA LIEU

Le Jeudi, 27 Avril 1876, et jours suivants,

A DEUX HEURES PRÉCISES

HOTEL DES COMMISSAIRES-PRISEURS, SALLE N° 5

Au premier étage,

Par le ministère de Me **CHARLES PILLET**, Commissaire-Priseur,

10, rue de la Grange-Batelière,

PARIS

ADOLPHE LABITTE

LIBRAIRE DE LA BIBLIOTHÈQUE NATIONALE

4, rue de Lille, 4

—

1876

CATALOGUE

DES LIVRES

COMPOSANT LA BIBLIOTHÈQUE

Du CHATEAU de VAUX-PRASLIN

DONT LA VENTE AURA LIEU

Le Jeudi, 27 Avril 1876, et jours suivants,

A DEUX HEURES PRÉCISES

HOTEL DES COMMISSAIRES-PRISEURS, SALLE N° 5

Au premier étage,

Par le ministère de **M⁰ CHARLES PILLET**, Commissaire-Priseur,

10, rue de la Grange-Batelière.

PARIS

ADOLPHE LABITTE

LIBRAIRE DE LA BIBLIOTHÈQUE NATIONALE

4, rue de Lille, 4

1876

CONDITIONS DE LA VENTE

La vente se fait au comptant.

Les acquéreurs payeront cinq centimes par franc applicables aux frais.

Il y aura exposition des livres, vendus chaque jour, une heure avant la vente.

L'adjudication prononcée, aucune réclamation ne sera admise, et les articles vendus ne seront repris pour aucune cause.

Le libraire chargé de la vente remplira les commissions des personnes qui ne pourraient y assister.

ORDRE DES VACATIONS

1re Vacation.	Jeudi, 27 avril 1876.....	1 à 187.
2e —	Vendredi, 28 avril 1876..	188 à 379.
3e —	Samedi, 29 avril 1876....	380 à 567.

Paris. — Imprimerie de PILLET fils aîné, rue des Grands-Augustins, 5.

CATALOGUE

DES LIVRES

COMPOSANT LA BIBLIOTHÈQUE

DU CHATEAU DE VAUX-PRASLIN

———

THÉOLOGIE

1 — La sainte Bible, avec les dessins de Gustave Doré. *Tours, Mame*, 1866, 2 vol. gr. in-fol., cart., figures.

2 — Histoire du Vieux et du Nouveau Testament représentée en tailles douces, dessinées et faites par Romein de Hooge. *Amsterdam*, 1704, in-fol., vél. blanc à comp, dorés.

3 — L'Apocalypse avec une explication, par messire Jacques Benigne Bossuet. *Paris, chez la veuve de Sébastien Mabre-Cramoisy*, 1689. In-8, mar. n., dos orné, fil., tr. dor. (*Armes de Choiseul.*)

> Reliure ancienne.
> Bel exemplaire de la première édition de cet ouvrage.

4 — Theatrum terræ sanctæ et biblicarum historiarum cum tabulis geographicis ære expressis auctore Christiano Adrichomio Delpho. *S. L. S. A.* In-fol., dem.-rel. parch. avec coins, planches gravées.

5 — LE LIVRE D'HEURES DE LA REINE ANNE
DE BRETAGNE, traduit du latin et accompagné de notices
inédites par M. l'abbé Delaunay. *Paris, L. Curmer*, 1841,
2 vol. gr. in-4, nombr. et riches figures et encadr., maroq. rouge foncé jans. à nerfs, doublé de satin cerise avec
dent à comp., tr. dor. (Avec les armes d'Anne de Bretagne d'un côté et les armes de Choiseul sur l'autre plat.)

SPLENDIDE PUBLICATION. Le 1er volume est la reproduction fac-simile,
par le procédé chromolithographique, du livre d'heures, manuscrit go-
thique, de la reine Anne de Bretagne, femme de Louis XII, roi de France.
Ce beau livre est orné de nombreuses miniatures et d'encadrements les
plus riches et les plus variés, en or et en couleurs.

6 — OFFICE DE LA SEMAINE SAINTE à l'usage de Rome. En
latin et en françois. Avec l'explication des cérémonies de
l'Église, etc..... Traduction nouvelle. *Paris, chez
Pierre Le Petit*, 1678. In-8, grav., mar. r., plats fleur de-
lisés, dent., tr. dor. (*Rel. anc.*)

Exemplaire aux armes de *Marie-Thérèse d'Autriche*, accompagnées
d'un semis de fleurs de lis et d'initiales couronnées sur les plats et
le dos.

7 — L'OFFICE DE LA SEMAINE SAINTE, en latin et en françois, à l'usage de Rome et de Paris. Imprimé par ordre
de Madame Marie-Adélaïde de France. *Paris, chez
Guillaume Desprez*, 1755. In-8, mar. r., dos orné, fil.,
tr. dor. (*Rel. anc.*)

Exemplaire aux armes de *Marie-Adélaïde de France*, fille de
Louis XV.

8 — SERMONS de Massillon, évêque de Clermont, ci-devant
prêtre de l'Oratoire. — Petit carême. — *Paris, chez
la veuve Estienne*, 1745. In-12, mar. r., doublé de mar.
de même couleur, dos orné, fil., dent. int., tr. dor. (*Rel.
anc.*)

Bel exemplaire, aux armes de madame de Beauveau-Craon, duchesse
de Levis.

9 — Petit Carême de Massillon, évêque de Clermont, imprimé par ordre du roi pour l'éducation de Mgr le Dauphin. *Paris, de l'imprimerie Didot l'aîné*, 1789. In-4, maroq. rouge, dos orné, dent à comp., doublé satin, tr. dor.

10 — L'IMITATION DE JÉSUS-CHRIST, fidèlement traduite du latin par Michel de Marillac. *Paris, L. Curmer*, 1856-58. 2 vol. in-4, nombr. figures et encadr., cuir de Russie, dos orné à petits fers, tr. dor. (*Aux armes de Choiseul.*)

> Magnifique publication, où se trouvent reproduites en chromolithographie or, argent et couleurs, les plus belles miniatures des manuscrits du moyen âge, avec de riches encadrements comprenant les sujets et les ornements les plus variés, tirés des anciens manuscrits de différentes époques et reproduits en or, argent et couleurs par le même procédé.
>
> Le second volume, composé de notices historiques et bibliographiques avec des ornements gravés, contient des photographies.

11 — Morale chrétienne. Recueil de planches gravées par N. Guérard, avec un texte gravé sous chacune d'elles. *Paris, s. d.* In-fol. vél.

12 — Modo di consecrar le vergini, secondo l'uso del Pontifical Romano. Con la dichiarazion di Misteri delle cerimonie, che in quell' azion si fanno. Del dottore Benedetto Buommattei, etc..... *In Venezia, appresso Antonio Pinelli*, 1622. 2 parties en 1 vol., pet. in-4, musique notée, rel. en bois, recouverte de mar. f. est., fil. à comp. et ornem. sur les plats, fermoirs. (*Anc. rel.*)

> Exemplaire tâché.

13 — Recueil de 107 Vies de Religieuses de l'ordre de la Visitation de plusieurs villes de France. 1696 à 1705, en 1 vol. in-4 v. br.

> Ce recueil curieux a été relié en 1706. Chaque pièce porte un envoi manuscrit.

14 — RENVERSEMENT de la morale chrétienne par les désordres du monachisme, en hollandais et en français. *On les vend en Hollande, chez les marchands libraires et imagers. S. D.,* 2 parties en 1 vol. in-4, gravures, mar. vert, dos orné, large dent à comp., tr. dor. (*Thompson.*)

Première édition de cet ouvrage rare, aux armes de Choiseul.

15 — ÉBAUCHE DE LA RELIGION NATURELLE, par Wollaston, trad. de l'anglais. *La Haye,* 1726, in-4, v. (*Aux armes de Choiseul.*)

16 — CONTROVERSE SUR LA RELIGION CHRÉTIENNE et celle des Mahométans, entre trois docteurs musulmans et un religieux de la nation Maronite. Ouvrage traduit de l'arabe par M. Le Grand..... *Paris, chez Lacombe,* 1767, in-12, mar. r., dos orné, fil., tr. dor. (*Armes de Choiseul.*)

17 — SPINOSA. Opera posthuma, quorum series post praefationem exibetur. 1677. In-4, maroq. rouge, fil., tr. dor. (*Aux armes de Choiseul.*)

18 — TRACTATUS THEOLOGICO-POLITICUS continens dissertationes aliquot, quibus ostenditur libertatem philosophandi non tantum salva pietate et reipublicæ pace posse concedi..... (Auctore Spinosa.) *Hamburgi, apud Henricum Künrath,* 1670. In-4, mar. r., dos orné, dent. int., tr. dor. (*Armes de Choiseul.*)

19 — RÉFLEXIONS CURIEUSES d'un esprit désintéressé sur les matières les plus importantes au salut tant public que particulier, traduit de Spinosa par de Saint-Glain. *Co-*

logne, chez Claude Emanuel, 1678. In-12, mar. r., dos orné, 3 fil., tr. dor. (*Armes de Choiseul.*)

Bel exemplaire de cet ouvrage, qui a paru sous trois titres différents. L'exemplaire ci-dessus a deux titres : *Réflexions curieuses, etc.,* et *Traité des cérémonies superstitieuses.....*

20 — Réfutation des erreurs de Benoit de Spinosa par M. de Fénelon, par le P. Lami et M. le comte de Boullainvilliers. Avec la vie de Spinosa, écrite par M. Jean Colerus. *Bruxelles, chez François Foppens,* 1731. In-12, v. ant., dos orné, fil., dent. int , tr. dor. (*Armes de Choiseul.*)

21 — Système de la nature, ou des lois du monde physique et du monde moral, par M. Mirabaud, par le baron d'Holbach, avec un avis de l'éditeur Naigeon. *Londres,* 1770, 2 parties en 1 vol. in-8, mar. bleu, dos orné, fil., tr. dor. (*Rel anc.*)

Bel exemplaire de la première édition de cet ouvrage, avec la préface de l'auteur qui manque souvent.

22 — Pensées sur l'interprétation de la nature. *S. L.,* 1754. In-12, v. ant. marb., dos orné, tr. r. (*Armes de Choiseul.*)

JURISPRUDENCE

23 — Œuvres de M. le chancelier d'Aguesseau. *Paris,* 1759-1789, 13 vol. in-4, portrait, gr., v. antiq. marb.

24 — Traité des justices de seigneur et des droits en dépendants par Jacquet. *Lyon,* 1764, in-4, mar. r. fil. tr. dor. (*Aux armes de Choiseul.*)

25 — JURISPRUDENTIA heroica, sive de Jure Belgarum circa nobilitatem, auctore Christyn. *Bruxellis, Foppens,* 1689, 2 t. en 1 vol. in-fol., v.

Nombreuses planches d'armoiries et de tableaux généalogiques.

26 — LE DROIT DE LA GUERRE et de la paix, par Hugues Grotius, nouvelle traduction par Jean Barbeyrac. *Amsterdam,* 1729, 2 vol. in-4, portrait, v. fauve antiq., fil.

27 — CODE DES CHASSES ou nouveau traité du droit des chasses, suivant la jurisprudence de l'ordonnance de Louis XIV du mois d'août 1669.... *Paris, chez Claude Saugrain,* 1713. 2 vol. in-8, mar. r., dos orné, fil., tr. dor. *(Rel. anc.)*

Exemplaire de dédicace, aux armes du président de Mesmes sur les plats et sur le dos.

28 — IL TRIBUNALE della Santa Rota Romana descristo da Domenico Bernino. *In Roma,* 1717, in-fol., vélin, *figures en couleurs.*

SCIENCES

29 — LES MORALES D'ÉPICTETE, de Socrate, de PLVTARQVE et de SENEQVE (trad. en français par Desmarets de Saint-Sorlin). *Au chasteav de Richelieu, de l'imprimerie d'Estienne Migon,* 1653, in-12, mar. bleu, dos orné. fil., comp. ornés, tr. dor. *(Armes de Choiseul.)*

Le titre et les premiers feuillets sont en partie détachés.

30 — TRADUCTION FRANÇAISE DE SEXTUS EMPIRICUS, et autres philosophes. Recueil d'opuscules sceptiques. In-4, v. m.

Recueil manuscrit d'environ mille pages ; il paraît être de la main de messire Nicolas de la Toison, baron de Bussy, conseiller du Roy au parlement de Bourgogne.

31 — Œuvres complettes d'Helvetius. Nouvelle édition, corrigée et augmentée. *Paris, chez Servière*, 1795, 5 vol. in-8, portrait, mar. r., dos orné, large dent., tr. dor. (*Armes de Choiseul.*)

Exemplaire en papier vélin.

32 — Renati Des Cartes principiorum philosophiæ pars I et II more geometrico demonstræ per Benedictum de Spinoza. *Amstelodami, apud Johannem Riewerts*, 1663. — Philosophia S. Scripturæ interpres; exercitatio paradoxa... *Eleutheropoli*, 1666, 2 parties en 1 vol. petit in-4, v. ant., tr. r (*Armes de Choiseul*).

33 — Institution des sourds et muets par la voie des signes méthodiques, ouvrage qui contient le projet d'une langue universelle, par l'entremise des signes naturels assujettis à une méthode (par l'abbé de l'Epée). *Paris, chez Nyon l'aîné*, 1776, 2 vol. in-8, mar. r., dos orné, fil., tr. marb. (*Rel. anc.*)

Exemplaire aux armes du Dauphin. — La reliure est un remboîtage.

34 — Maximes et réflexions morales du duc de Larochefoucauld. *Paris, Didot*, 1796, in-4, d.-rel. mar.

35 — Lettres de M. Euler à une princesse d'Allemagne, sur différentes questions de physique et de philosophie. Nouvelle édition. *Paris, chez Royez*, 1787 à 1789, 3 vol. in-8, v. r., dor orné, fil., tr. marb.

36 — Éléments d'idéologie, par A. L. C. Destutt Tracy. Seconde édition. *Paris, chez Courcier*, 1804, 2 vol. in-8, v. r. est., dos orné, fil., dent. int., tr. marb.

37 — De l'education chrestienne des enfants, selon les

maximes de l'Escriture sainte et les instructions des
saints Peres de l'Eglise (par Alexandre Varet). *Bruxelles, chez François Foppens*, 1669, in-12, mar. brun,
3 fil., dent. int., tr. dor. (*Thouvenin*).

Bel exemplaire, aux armes de Choiseul. (Haut. 131 mill.)

38 — LE MINISTRE D'ESTAT, avec le veritable vsage de la politique moderne. Seconde partie. Par Silhon. *Paris, par P.
Rocolet*, 1643. In-4 réglé, mar. r., dos orné, dent. compartiments à mosaïque, chargés de petits fers au pointillé,
tr. dor.

Magnifique reliure aux armes de LOUIS XIII. Exemplaire provenant
de la Bibliothèque *Yemeniz*.

39 — IDÉE D'UNE RÉPUBLIQUE HEUREUSE ou l'Utopie de
Thomas Morus... traduite en françois par Mlle Gueudeville.
Amsterdam, chez François L'Honoré, 1730. In-12,
grav., v. ant.

40 — EXTRAITS D'AITZÉMA, traduits de hollandais pour la
partie politique, par le Sr de Colins. 3 vol. in-fol. maroquin rouge, dentelles, tr. dor. (Anc. rel. aux armes de
Choiseul.)

Manuscrit.

41 — HISTOIRE ET MÉMOIRES DE L'ACADÉMIE ROYALE des
sciences, 1666-1788. 110 vol. — Tables, 13 vol. — Recueil
des machines. 14 vol. — Observations de Physique. 17
vol. — Savants étrangers. 21 vol. — Collections académi-
ques. 8 vol. — Suites à l'Académie des sciences. 11 vol. —
Prix de l'Académie. 10 vol. Ensemble, 204 vol. in-4, v.
antiq. marb., tr. dor. et tr. rouges ev.

La plupart aux armes du duc de Choiseul, quelques-uns avec les armes
de Louis XIV.

42 — La decovverte des novveaux mondes ov l'Astrologve cvrievx, tome I. Par le sieur de Saint-Hillaire (le P. Porphyre-Marie). *Rovan, chés Jacqvs Bartelier*, 1667, pet. in-8, v. antiq.

Ouvrage très-rare ; il fut supprimé à cause de l'idée de la pluralité des mondes qui s'y trouve développée sous forme de roman, et l'auteur ne put pas faire paraître le second volume.

43 — Nova et antiqva lvminis atqve avroræ borealis spectacvla. — Recensvit J. N. Frobesius. *Helmstadii apvd Christianum Fridericvm Weygandum,* 1739, pet. in-4, v. f. antiq., dos orné, fil. dent. int., tr. marb.

44 — Annales de chimie ou recueil de mémoires concernant la chimie et les arts qui en dépendent, par MM. de Morveau, Lavoisier, Monge, etc., tomes 1 à 28. *Paris et à Londres,* 1789 à l'an VII, 28 tomes en 22 vol. in-8, demi-rel. bas., tr. jaune.

45 — C. Plinii Secondi Historiæ naturalis libri XXXVII. *Lvgdvni Batavorvm, ex officina Elzeviriana,* 1635, 3 vol. in-12, mar. r., dos orné, fil., tr. dor. (*Armes de Choiseul*).

Exemplaire un peu court de marges, 121 mill. 1/2.

46 — Œuvres complètes de Buffon. *Paris, chez Crapart, Caille et Ravier,* 1804, 11 vol. in-8, portrait, carte et gravures, demi-rel. v. bleu.

47 — Histoire naturelle de la Floride et des îles de Bahama : contenant les dessins des oiseaux, des quadrupèdes, des poissons, des serpens, des insectes et des plantes qui se trouvent dans ces pays, avec leurs descriptions en français et en anglais. **London,** 1771, 2 vol. gr. in-fol.

maroq. vert, dos orné, dent. à comp., tr. dor. (Planches
en couleurs).

48 — ELEMENS DE BOTANIQUE OV methode pour connoître les
plantes, par M. Pitton Tournefort. *Paris, de l'imprimerie royale*, 1694, 1 vol. in-8 de texte et 2 vol. pet.
in-4 de pl., mar. r., dos orné, fil., dent. int., tr. dor.
(*Armes de Choiseul.*)
> Bel exemplaire.

49 — EXPOSITION DES FAMILLES NATURELLES et de la germi-
nation des plantes, par Jaume Saint-Hilaire. *Paris,
Treuttel et Würtz, an XIII*, 1805, 2 vol. in-4, pl. col.,
dos et coins de mouton chag. r. non rog.
> Exemplaire en grand papier vélin.

50 — HISTOIRE NATURELLE d'oiseaux peu communs et d'autres animaux rares et qui n'ont pas été décrits, consistant
en quadrupèdes, reptiles, poissons, insectes etc..... par
George Edwards. *Londres, imprimé pour l'autour (sic)*.
1751 à 1764, 7 vol. in-4, pl. color., mar. bleu, dos orné,
dent., tr. dor. (*Armes de Choiseul.*)
> Bel exemplaire de ce superbe ouvrage, publié en anglais, avec la
> traduction française en regard.

51 — HISTORIA NATVRALIS ranarvm nostrativm... Cvm
præfatione Alberti von Haller. Edidit accvratisque iconi-
bus ornavit, Augustus Johannes Rœsel. *Nürnberg*, 1758,
in-fol, front. pl. noires et color. mar. r., 3 fil., tr. dor.
(*Armes de Choiseul.*)
> Bel exemplaire de cet ouvrage publié en latin et en allemand.

52 — DISSERTATION SUR LA GÉNÉRATION et les transformations
des insectes de Surinam, par M. S. Mérian. *La Haye,*

1726, 2 vol. gr. in-fol., mar. r., fil., tr. dor., figures, (*Aux armes de Choiseul*).

53 — Mémoires pour servir à l'histoire des insectes par M. de Reaumur. *Paris, de l'imprimerie royale*, 1734, 6 vol. in-4, figures, veau fauve antiq., fil.

54 — Le Jardin des plantes. Description complète historique et pittoresque du muséum d'histoire naturelle, de la ménagerie, des serres, etc... Par P. Bernard, L. Couailhac, Gervais et Emm. Lemaout. *Paris, L. Curmer*, 1842, 2 vol. in-8, gravures noires et color. fig. mar. r., dos orné, fil., ornem. à froid sur les plats, tr. dor.

55 — Traité des arbres fruitiers contenant leur figure, leur description, leur culture, etc., par M. Duhamel Du Monceau. *Paris*, 1768, 2 vol. in-4, planches grav., v. écail., fil., tr. dor.

56 — Dictionnaire portatif de médecine, d'anatomie, de chirurgie, de pharmacie, etc.... qui contient les termes de chaque art., leur étymologie.... avec un vocabulaire grec et un latin.... par Jean-Fr. Lavoisier. *Paris, Didot le jeune*, 1764, 2 vol. in-8, mar. r., fil., tr. dor. (*Armes de Choiseul*, 17ᵉ *archevêque de Cambrai*.)

57 — Godefridi Eidloo, medicinae doctoris et chirurgi, Anatomia humani corporis centum et quinque tabulis, per artificiosi F. G. de Lairesse ad vivum delineatis. *Amstelodami*, 1635, gr. in-fol. maroq. rouge, dent. à comp., tr. dor.

Aux armes de Choiseul.

58 — Exposition exacte ou tableaux anatomiques en taille douce des différentes parties du corps humain, ouvrage

contenant environ soixante planches, exécuté par Etienne Charpentier, graveur anatomiste. *Paris, s. d.*, pet. in-fol. br.

59 — PHYSIONOMISCHE FRAGMENTE, zur beforderung der Menschenkenntnisz und Menschenliebe, von Johann C. Lavater. *Leipsig*, 1775 à 1778, 4 vol. in-4, pl., dos et coins de bas. r. non rog.
Edition originale.

60 — ESSAIS SUR LA PHYSIOGNOMONIE, destinés à faire connaître l'homme et à le faire aimer (trad. en franç. par madame de La Fite, MM. Caillard et Henri Renfner). *La Haye*, 1781–87 et 1803, 4 vol. gr. in-4, figures, maroq. rouge, dos orné dent. à comp. tr. dor., *(reliure de Simier.)*
Aux armes de Choiseul.

61 — LE MÉDECIN ROYAL ou le parfait médecin charitable. Divisé en trois parties. Enseignant par ordre alphabétique les noms, qualitez, facultez, vertus manifestes..... des medicamens simples, etc..... Par Charles de Sainct Germain. *Paris, chez Cardin Besongne*, 1655. In-8, mar. r., dos et plats fleurdelisés, dent , tr. dor. (*Rel. anc.*)
Exemplaire aux armes de Louis XIII. Les gardes manquent. Quelques feuillets tachés.

62 — TRAITEZ NOUVEAUX ET CURIEUX du café, du thé et du chocolate, par Philippe Sylvestre Dufour. *Lyon, chez Jean Girin*, 1685. In-12, grav., mar. r., dos orné, fil. à comp., tr. dor. (*Rel. anc.*)

63 — HISTOIRE DES MATHÉMATIQUES dans laquelle on rend compte de leurs progrès depuis leur origine jusqu'à nos jours, par M. Montucla. *Paris*, 1758, 2 vol. in-4, v. antiq.

64 — Evclidis Elementorum libri **XV**. Accessit **XVI** de Solidorum regularium cuiuslibet intra quodlibet comparatione..... Auctore Christ. Clavio. *Coloniæ, expensis Joh. Baptistæ Ciotti*, 1591, 2 tomes en 1 vol. in-12, fig., parch.

65 — Théorie des fonctions analytiques, contenant les principes du calcul différentiel, dégagés de toute considération d'infiniment petits ou d'évanouissans, de limites ou de fluxions, et réduits à l'analyse algébrique des quantités finies, par J. L. Lagrange. *Paris, de l'imprimerie de la République, an V.* In-4, v. rac., tr. marb.

66 — Traité du calcul différentiel et du calcul intégral, par S. F. Lacroix. *Paris*, 1797, 2 vol. in-4, v. antiq. marb.

67 — Albertus Durerus, pictor, versus e germanica lingua in latinam, geometricarum liber. *Parisiis, Wechel*, 1535, in-fol. d.-rel., figures.

68 — Euler. De mechanicis. *Petropoli*, 1736, 2 vol. in-4, v. f.

Exemplaire de La Condamine.

69 — Traité d'horlogerie contenant tout ce qui est nécessaire pour bien connoître et pour régler les pendules et les montres..... Par J. A. Lepaute. *Paris, chez Jacques Chardon*, 1755. In-4, pl., v. ant. marb., dos orné, tr. r.

70 — L'Art militaire du partisan, dédié à Son Altesse sérénissime le prince de Condé, par M. le baron de Wüst.

La Haye, 1768. In-8, mar. citron, dos orné, fil., tr. dor. (*Armes de Choiseul-Stainville.*)

71 — ORATIONI MILITARI. Raccolte per M. Remigio..... *In Vinegia appresso Gabriel Giolito de Ferrari, 1557*. In-4, vél.

72 — ÉCOLE DE CAVALERIE, contenant la connaissance, l'instruction et la conservation du cheval, avec figures en taille-douce, par M. de la Guérinière, écuyer du roy. *Paris, chez Huart et Moreau fils*, 1751, in-fol. v. antiq. marb.

73 — EXERCICE DE L'INFANTERIE FRANÇOISE, extrait de l'ordonnance du roy du 10 mai 1745. Dessiné d'après nature dans toutes ses positions et gravé par J. R. Baudoin, colonel d'infanterie. *Paris*, 1757, gr. in-fol. v. ant. marbr. (*Aux armes de Choiseul.*)

74 — MES RÊVERIES, ouvrage posthume de Maurice, comte de Saxe, augmenté d'une Histoire abrégée de sa vie, et de différentes pièces qui y ont rapport, par M. l'abbé Perau. *Amsterdam*, 1757, 2 vol. in-4, v. éc., fil., tr. dor. (Figures en couleurs.)

75 — TRAITÉ DES FORTIFICATIONS du maréchal de Vauban. (*A la fin*) *Fin des systèmes de fortifications d'Errard Marolois, Vauban, etc..... écrite par feu M. Sauveur, professeur royal, en 1720*. In-4, v. ant., tr. marb.

Manuscrit sur papier. Les armes du marquis d'Usson, en couleur, sont rapportées en tête de l'ouvrage.

76 — MANIÈRE DE FORTIFIER de M. de Vauban. In-4, vélin.

77 — Traité des grandes opérations militaires, contenant
l'histoire critique des campagnes de Frédéric II compa-
rées à celles de l'empereur Napoléon, avec un recueil des
principes généraux de l'art de la guerre, par le général
baron de Jomini. *Paris*, 1811, 4 vol. in-4, et atlas in-4,
cart.

78 — Marine militaire, ou recueil des différens vaisseaux
qui servent à la guerre, suivis des manœuvres qui ont le
plus de rapport au combat, ainsi qu'à l'attaque et la dé-
fense des ports, par Ozanne l'aîné, dessinateur de la marine. Vol. in-4 entièrement gravé, *s. l. n. d.*, 50 planches
maroq. rouge fil., doublé de satin bleu, tr. dor.

79 — Mémoire sur l'observation des longitudes en mer,
publié par ordre du roi (par de Charmières). *Paris, de
l'imprimerie royale*, 1767. In-8, 3 pl., mar. r., dos
orné, 3 fil., dent. int., tr. dor. (*Armes de Choiseul.*)

Manuscrit du XVIIᵉ siècle.

ARTS DIVERS

80 — Apicii Cœlii de opsoniis et condimentis, sive arte
coquinaria, libri decem. Cum annotationibus Martini
Lister... *Amstelodami, apud Janssonio-Waesbergios*,
1789. In-8, front. v. ant.

Exemplaire en grand papier.

81 — Li tre trattati di messer Mattia Giegher, bava-

di Mosburc, trinciante dell' ill. natione alemanna in Padova. *In Padova, per Paolo Frambotto,* 1639. In-4 oblong, grav., mar. r. jans. à nerfs, dent. int., non rogné. (*Thibaron.*)

Exemplaire lavé et encollé, aux armes de Choiseul.

82 — L'ART DE CONVERTIR le cuivre rouge ou cuivre de rosette en laiton ou cuivre jaune, par M. Galon, colonel d'infanterie, ingénieur en chef au Havre. S. L 1674, in-fol., 18 planches maroq. rouge dent., tr. dor. (*Ancienne reliure.*)

Aux armes de Choiseul-Stainville.

83 — L'ART DE SE RENDRE HEUREUX par les songes, c'est-à-dire en se procurant telle espèce de songes que l'on puisse désirer conformément à ses inclinations. *Francfort et Leipsic,* 1746. Pet. in-8, veau fauve, fil., dent. int., tr. dor. (*Kochler.*)

Bel exemplaire, aux armes de Choiseul, de cet ouvrage rare et curieux.

84 — LES VRAIES CENTURIES et propheties de maistre Michel Nostradamus. Où se void representé tout ce qui s'est passé, tant en France, Espagne, Italie, etc..... avec la vie de l'autheur. *Amsterdam, chez Jean Jansson,* 1668. In-12, front., mar. r., 3 fil., dent. int., tr. dor. (*Derome.*)

Bel exemplaire, aux armes de Choiseul. (Haut. 129 mill.)

85 — LIBRO DI M. GIOVANNI BATTISTA PALATINO, nel quai s'insegna à scriuer ogni sorte lettera, antica et moderna, di qualunque natione, con le sue regole, et misure, et esempi; et con vn breve et vtil discorso de le cifre; riueduto... et cor-

retto dal proprio autore. (A la fin) *In Roma per Valerio
Dorico*, 1561. Pet. in-4, portrait sur bois et fig., v. fauve
fil., dent. int., tr. dor. (*Petit, successeur de Simier.*)

Exemplaire lavé et encollé, aux armes de Choiseul.

86 — Manuel typographique, utile aux gens de lettres, et
à ceux qui exercent les différentes parties de l'art de l'imprimerie, par Fournier le jeune. *Paris, chez Barbou,*
1764 à 1766, 2 vol. in-8, fig. et pl., mar. r., dos orné,
fil., tr. dor. (*Rel. anc.*)

Bel exemplaire.

87 — Traité général des chasses à courre et à tir... par
une Société de chasseurs, et dirigé par M. Jourdain. *Paris, Audot*, 1822, 2 vol. in-8, grav., d.-rel., v. La Vall.,
tr. marb.

Piqûre de vers au tome II.

88 — La Veneria reale. Palazzo di piacere e di caccia,
ideato, disegnato e descritto dal conte Amedeo di Cas-
tellamonte. *In Torino*, 1674, in-fol. vélin, *figures.*

Quelques raccommodages aux planches.

89 — Jacquemart et Le Blant. Histoire de la porcelaine.
Paris, Techener, 1862, in-fol., d.-rel. mar., figures.

90 — POILLY. Voitures, berlines, vis-à-vis, voitures de
chasse. Dessins de harnois, etc. 37 planches in-fol.
oblong.

Curieux recueil. Épreuves anciennes à toutes marges.

BEAUX-ARTS

91 — Les quatre livres d'Albert Durer, peinctre et geometrien tres excellent, de la proportion des parties et pourtraicts des corps humains, traduicts par Loys Meigret, lionnois, de langue latine en françoise. *Arnhem*, 1613, in-fol., parch.

92 — Traité des manières de dessiner les ordres de l'architecture antique et toutes leurs parties, par A. Bosse. *Paris*, 1664, in-fol., texte et planches gravées, v. brun.

93 — Conférence de Monsieur Le Brun..... sur l'expression générale et particulière des passions. Seconde édition. *Amsterdam, chez Bernard Picart*, 1713. In-8, pl. gravées par B. Picard, dos et coins de mar. r., dos orné, fil. (*Capé.*)

> Le bas du titre refait.

94 — La Perspective pratique de l'architecture, contenant par leçons une manière nouvelle, courte et aisée, pour représenter en perspective les ordonnances d'architecture et les places fortifiées, par Louis Bretez. *Paris*, 1706. In-fol., v. br.

95 — Trattato della pittura di Lionardo da Vinci, nouamente dato in luce, con la vita dell' intesso autore scritta da Rafaelle du Fresne. *In Parigi*, 1651, demi-rel. antiq.

96 — Œuvres complètes d'Antoine Raphaël Mengs, premier peintre du roi d'Espagne, contenant différents traités

sur la théorie de la peinture, traduit de l'italien. *Paris,*
1787. 2 tomes en 1 vol. in-4, portrait, v. antiq. marb.

97 — Vies et œuvres des peintres les plus célèbres de
toutes les écoles, recueil classique, réduit et gravé au trait
d'après les estampes de la Bibliothèque nationale, publié
par C. P. Landon. *Paris,* 1805. 4 vol. in-fol., demi-rel.,
veau rouge, n. rog.

École Romaine. Raphaël, 3 vol. — École Lombarde. Œuvre complet
de Dominique Zampieri dit le Dominiquin. — Choix de l'Albane.

98 — Annales du Musée et de l'école moderne des Beaux-
Arts. Recueil de gravures au trait, contenant la collection
complète des peintures et sculptures du musée Napoléon.
Rédigé par C. P. Landon. *Paris, chez C. P. Landon,*
1805 à 1811. 22 vol. in-8, grav., v. ant. fil., tr. j.

Première collection, tomes 1 à 16. — Deuxième collection, tomes 17
et 18. — Paysages, 4 volumes avec une tomaison nouvelle.

99 — Suite d'études calquées et dessinées d'après cinq
tableaux de Raphaël, accompagnées de gravures de ces
tableaux et de notices historiques et critiques composées
par M. T. L. Emeric David. *Paris, de l'imprimerie de
P. Didot l'aîné,* 1818. Gr. in-fol., demi-rel. v. rouge.

100 — Cabinet de Monsieur Gabriel de Choiseul, duc de
Praslin, ministre des affaires étrangères. 20 planches
gravées à l'eau-forte sous la direction de Lebas, et portrait du duc de Choiseul gravé par François David d'après
Roslin, peintre du roi. Grand in-fol., v. antiq.

Belles épreuves anciennes Premier tirage.

101 — Catalogue raisonné des tableaux, sculptures, tant
de marbres que de bronze, desseins et estampes des plus

grands maîtres, porcelaines anciennes, etc., etc..., qui composent le cabinet de feu M. le duc de Tallard, par les sieurs Remy et Glomy. *Paris, chez Didot*, 1756. In-12, front. et grav., mar. bleu foncé, dos orné, fil., tr. dor. (*Rel. anc.*)

Dos restauré. — Remboîtage. — Prix manuscrits.

102 — CATALOGUE des cabinets de MM. de Vence, de Selle, Manglard, Chauvelin, etc., rédigés par P. Remy et Helle. *Paris*, 1760 à 1764. 12 catalogues réunis en 1 vol. in-12, front., v. f. ant., tr. r.

Prix manuscrits.

103 — CATALOGUE historique du cabinet de peinture et sculpture françoise, de M. de Lalive. *Paris, de l'imprimerie P. Pl. Le Prieur*, 1764. In-4, portrait et gravure, mar. r., dos orné, fil., tr. dor. (*Rel. anc.*)

104 — CATALOGUES des tableaux des cabinets de M. le marquis de Villette père, de M. le comte de La Guiche, de M. le comte de Dubarry, etc., etc... rédigés par Pierre Remy. *Paris*, 1766 à 1774. 14 catalogues, reliés en 1 vol. in-12, front., v. ant., dos orné, tr. r.

Prix et noms des acquéreurs, à presque tous les catalogues.

105 — CATALOGUE raisonné des tableaux, dessins et estampes, et autres effets curieux, après le décès de M. de Julienne, par Pierre Remy. *Paris, chez Vente*, 1767. — Catalogue raisonné des tableaux, groupes et figures de bronze, qui composent le cabinet de feu M. Gaignat, par Pierre Remy. *Paris, chez Vente*, 1768. — Catalogue raisonné des tableaux de différentes Écoles..... et d'autres

objets qui composent le cabinet de M. de La Live de Jully,
par Pierre Remy. *Paris, chez Vente*, 1770. Ensemble,
3 tomes en 1 vol. in-12, front., v. ant., tr. r.

Prix manuscrits. — Envoi signé de Remy sur le titre du catalogue
Gaignat.

106 — Recueil d'estampes gravées d'après les tableaux du
cabinet de Monseigneur le duc de Choiseul, par les soins
du sieur Basan. *Paris*, 1771. In-4, front. et 6 ff. des textes
gravés, portrait et 139 pl., plus 3 pl. détachées, mar. r.,
dos orné, fil., fermoirs en acier, tr. dor.

107 — Recueil d'estampes gravées d'après les tableaux du
cabinet de Monseigneur le duc de Choiseul, par les soins
du sieur Bazan. *Paris*, 1771, in-4 cart.

108 — Catalogue des tableaux, desseins, terres cuites,
marbres, bronzes, etc..... après décès de S. A. S. Monseigneur le prince de Conty, par P. Remy. *Paris, chez
Muzier père*, 1777. In-12, front., v. ant. marb., dos orné,
tr. r.

Prix manuscrits, et quelques noms d'acquéreurs.

109 — Vingt-trois tableaux des Écoles flamande et hol-
landaise, provenant de la galerie de San-Donato. *Paris*,
1868, gr. in-8 br.

Eaux-fortes.

110 — Collections de San-Donato, tableaux, etc. *Paris,
Me Pillet*, 1870. Gr. in-8, mar. br., n. rog. (Aux armes
de Choiseul.)

Eaux-fortes.

111 — Collections de San-Donato, objets d'art. *Paris,*

Me Pillet, 1870. Gr. in-8, mar. br., n. rog. (Aux armes
de Choiseul.)

Photographies et prix manuscrits.

112 — Œuvres de Jacques-Philippe Lebas, graveur du cabinet du roi, ou Recueil de divers morceaux gravés par lui
d'après les meilleurs tableaux de David Teniers, Both, Ber-
ghem, Wouvermans, Paul Potter, Ostade, Adrien Van-
develde, Ruisdaël, etc. *Paris, chez Bazan et Poignant,*
1784. 2 forts vol. in-fol., v. antiq. marb.

113 — Œuvres choisies de Sébastien Le Clerc. *Paris,*
Lamy, 1784. In-4, d.-rel., mar. v., fil., tr. sup. dorée.
Figures.

144 — Œuvres de Van der Meulen. 33 grandes planches gra-
vées représentant les guerres et les chasses de Louis XIV.
S. l. n. d. Gr. in-fol., v. antiq., fil., coins fleurdelisés.
(*Aux armes du Roy.*)

115 — VAN DER MEULEN. Recueil de vues et de batailles
sous Louis XIV. In-fol., maroquin rouge, fil., tr. dor.
33 planches. (Aux armes de France.)

116 — Les ievx et plaisirs (*sic*) de l'enfance inuantez par
Jacqves Stella et grauez par Clavdine Boszovnet Stella.
Paris, chez laditte Stella, 1657. In-8, 50 pl. montées
sur onglets, mar. r., dos orné, dent. à comp., fil., dent.
int., tr. dor. (*Armes de Choiseul.*)

Bel exemplaire en reliure ancienne de cet ouvrage recherché. Les
planches sont pliées et montées sur onglets.

117 — Bonnart. Figures de saints et figures de caractères.
Environ 50 planches en 1 vol. in-fol., v.

118 — Peintures chinoises, sur papier de riz, coloriées. In-8 cart., 12 pièces.

119 — Figures de Moreau jeune, pour l'histoire de France, avec un discours par Dingé. *Paris, 1790,* in-4 cart. (164 pl.)

120 — Designs by M. R. Bentley, for six poems by M. T. Gray. *London,* 1753, in-fol., v. antiq. marb. Figures de Muller.

121 — Monuments, Etablissements et Sites les plus remarquables du département de l'Aisne; lithographies par M. E. Pingret, peintre et professeur. *Paris,* 1821, in-4, obl. d.-rel. v. antiq. 35 planches.

122 — Souvenirs des Pyrénées, par J. Facottet, ou choix des sites les plus pittoresques des établissements thermaux et des environs. Gr. in-fol., d.-rel. v. rouge, 54 planches lithogr.

123 — Raccolta di 50 vedute di Roma incise da Cottafavi. *S. d.,* in-fol. obl., broché.

124 — Views of the Lake and of the vale of Keswich drawn and engraved by William Westall. *London,* 1820, in-fol., d.-rel. dos et coins, cuir de Russie.

125 — Choix de vues de l'Inde dessinées sur les lieux pendant les années 1780, 1781, 1782 et 1783, et exécutées en aqua tinta, par W. Hodges. *London, s. d.,* gr. in-fol., mar., r. larg. dent. sur les plats, tr. dor.

126 — Costume des anciens peuples, par M. Dandré Bardon, contenant les costumes des Grecs et des Romains jusqu'à leurs usages militaires, etc. *Paris*, 1772, 2 vol. in-4, mar. r. fil. tr. dor.

Ancienne reliure très-fraiche.

127 — BONNARD. Recueil de costumes de la Cour et de la ville sous Louis XIV. 99 planches in-fol., v. m.

Belles épreuves.

128 — Recueil de portraits et costumes suisses les plus élégants, usités dans les 22 cantons, accompagné d'un supplément, exécutés par Dinkel. In-4., rel. (82 planc. coloriées.)

129 — The costume of Turkey illustrated by a series of engravings; with descriptions in english and french. *London*, 1802, in-4, mar. fauve fil. à comp., tr. dor.

130 — The costume of China, illustrated by sixty engravings with explanations in english and french by George Henry Malon. *London*, 1800, in-fol., cuir de Russie à à comp. tr. dor. (*reliure anglaise*).

131 — Modèles de chiffres à une ou plusieurs lettres, style Louis XIV. *S. l. n. d.* In-4, cart.

Cet ouvrage est dédié à la marquise de Marigny.

132 — Chiffres composés de plusieurs lettres, écus et cimiers, style Louis XIV. 8 planches in-4, obl. avec marges.

133 — Recueil d'emblèmes, devises, médailles et figures

hiéroglyfiques... accompagné de plus de deux mille chiffres fleuronnez. Par le sieur Verrien. *Paris, chez Claude Jombert*, 1724. In-8, portrait et 142 pl., v. ant. tr. r.

Les huit premières planches des *Supports et Simiers* sont détachées, et sont plus courtes que les autres.

134 — DES DÉCORATIONS FUNÈBRES, où il est amplement traité des tentures, des lumières, des mausolées, catafalques, etc..... par le P. C. F. Menestrier. *Paris, chez Robert J. B. de La Caille*, 1684. In-8, fig., v. ant.

Exemplaire avec l'épître à M. de Saintot.

135 — DES DÉCORATIONS FUNÈBRES, où il est amplement traité des tentures, des lumières, des mausolées, catafalques, etc..., par le P. C. F. Menestrier. *Paris, chez Robert J. B. de La Caille*, 1684. In-8, fig. sur bois, mar. vert foncé jans., à nerfs, dent. int., tr. dor. sur m. (*Capé*).

L'épitre dédicatoire manque. Exemplaire aux armes de Choiseul.

136 — RECUEIL DES FIGURES, groupes, thermes, fontaines, vases et autres ornements tels qu'ils se voyent à présent dans le château et parc de Versailles. *Paris, chez Thomassin, s. d.* In-8, 218 pl. grav. par Thomassin, v. ant.

Frontispice raccommodé, il manque un coin de la marge.

137 — STATUES ET BUSTES antiques des maisons royales (première partie). *Paris, imp. royale*, 1679, in-fol. cart., fig.

138 — TRAITÉ DE L'ARCHITECTURE suivant Vitruve, où il est traité des cinq ordres de colonnes divisés en sept chapitres et dessinés par maistre Juilen Mauclerc sieur du

Ligneron-Mauclerc, la Brossardière et remarques où il a
été ajouté les diverses mesures et proportions de ces fa-
meux architectes Scamozi, Paladio et Vignole, et quelques règles de perspective, et mis en lumière par Pierre
Daret, graveur ordinaire du roy. *Paris*, 1648, in-fol., c.

139 — Cours d'architecture ou traité de la décoration,
distribution et construction des bâtiments, par **J. F.**
Blondel. *Paris, chez Desaint*, 1771 à 1777, 6 vol.
de texte et 3 vol. de planches, ensemble 9 vol. in-8, d.-
rel. bas. tr. r.

140 — Manière de bastir pour toutes sortes de personnes,
par Pierre le Muet, architecte ordinaire du roy, *S. l. n. d.*
2 parties en 2 vol. in-fol., bas. rouge fil. tr. dor.

141 — Livre d'architecture contenant plusieurs porti-
ques de différentes inventions sur les cinq ordres de colonnes, par Alexandre Francine, florentin. *Paris,*
chez Melchior Tavernier, 1631, in-fol., d.-rel. v. antiq.

142 — Architecture de Philibert de l'Orme..., etc., avec
une belle invention pour bien basir et à petits frais.
Rouen, chez David Ferrand, 1648, in-fol., vel. bl. (aux
armes de Choiseul).

143 — Les quatre livres de l'Architecture d'André Pal-
ladio. *Paris, Edme Martin*, 1650, in-fol. vélin, nombreuses figures.

144 — L'Idea della architettura universale di Vincenzo
Scamozzi. *Amst.*, 1661, in-fol., v. br., figures.

145 — ARCHITECTURA curiosa nova, par Bocklern. *Norim-
bergæ*, 1701. 4 part en 1 vol. in-fol., rel., *figures*.
Une planche déchirée.

146 — LE NOUVEAU VIGNOLE ou règle des cinq ordres d'architecture, par Jacques Barozzio, enrichi de moulures,
cartels et culs-de-lampes composés et gravés par Babel.
Paris, chez Chereau, 1755, in-4, v. antiq. marb.

147 — RECUEIL ÉLÉMENTAIRE D'ARCHITECTURE contenant
plusieurs études des ordres d'architectures d'après l'opi-
nion des anciens et le sentiment des modernes, etc.,
composé par le sieur de Neufforge. *Paris*, 1757-1777. 6
vol. in-fol., d.-rel. bas.

148 — DÉTAILS GOTHIQUES. *Leipzig, Classen s. d.* 2 vol in-
fol., cart.

149 — RECUEIL DES PLANS, profils et élévations des plusieurs palais, chasteaux, églises, sépultures, grottes et
hostels, bâtis dans Paris et aux environs avec beaucoup
de magnificences par les meilleurs architectes du royaume,
desseignez, mesures et gravez par Jean Marot, architecte
parisien *S. l.* 1606, in-4, v. antiq. (121 *planches*.)

150 — MAROT. Figures d'ornement, environ 120 plan-
en 1 vol. in-fol., non relié.

151 — DESCRIPTION DU MAUSOLÉE pour très-haute, très-
puissante et très-excellente princesse Marie-Josephe-Al-
bertine de Saxe, Dauphine de France, fait à Paris, dans
l'église Notre-Dame, le 3 septembre 1767. *Paris*, 1767,
br. in-4 de 15 pages, 4 planches gravées.

152 — Description du mausolée de très-haute, très-puissante et très-excellente princesse Marie-Charlotte-Sophie-Félicité Lesczynska, reine de France. *Paris*, 1768, br. in-14 de 19 pages, 4 planches gravées.

153 — Description du mausolée érigé dans l'abbaye royale de Saint-Denys pour les obsèques qui se feront dans cette église, le 27 juillet 1774, de très-grand, très-haut, très-puissant et très-excellent prince Louis XV, le Bien-Aimé, roi de France et de Navarre. Br. in-4 de 24 pages, vignette gravée d'après Moreau le jeune, et 3 planches.

Exemplaire taché.

154 — Description du catafalque et du cénotaphe érigés dans l'église de Paris, le 7 septembre 1774, pour très-grand, très-haut, très-puissant et très-excellent prince Louis XV, le Bien-Aimé..... *De l'imprimerie de P. R. T. Ballard*, 1774. — Description du mausolée érigé dans l'église de l'abbaye royale de Saint-Denys, le 27 juillet 1774, pour les obsèques... de Louis XV. *De l'imprimerie de P. R. T. Ballard*, 1774. 2 parties en 1 vol. In-4, pl., vél., dent.

155 — Monuments érigés en France, à la gloire de Louis XIV, et suivis d'un choix des principaux projets qui ont été proposés pour placer la statue du Roi dans les différents quartiers de Paris, par M. Patte, architecte. *Paris*, 1765, in-fol., v. marb. antiq. (*Aux armes de Choiseul.*)

156 — Atlas historique, descriptif, archéologique, avec figures, plans et coupes de la collégiale de Champeaux,

édifice du xiiᵉ siècle... par M. Lucien-Joseph Prunot de
Rosny. *S. l. n. d.*, pet. in-fol., dem.-rel., chag. marr.,
non rogné.

> Ouvrage composé de dessins faits à la main. — Le titre ou frontispice,
> représentant la façade de l'église, est en couleurs. — Ce volume provient
> de la bibliothèque de M. de Rosny, dont le chiffre se trouve gravé sur le
> dos de la reliure.

157 — Il tempio Vaticano e sua origine, descritto dal
cav. Carlo Fontana, architetto. *In Roma*, 1694, gr. in fol.,
vél. de Holl.

158 — Diversi obnamenti capricciosi per depositi o altari
utilisimi a virtuosi, nouamente inventati da Giovan Ba-
tista Montani, milanese. *In Roma*, 1625, pet. in-fol. cart.

159 — Restauration des thermes d'Antonin Caracalla à
Rome, présentée en 1826 et dédiée en 1827 à l'Académie des beaux-arts de l'Institut royal de France, par
G. Abel Blouet, architecte. *Paris, Firmin Didot*, 1828,
gr. in-fol., d.-rel., veau rouge avec coins.

160 — Mémoires ou essais sur la musique, par le baron
Grétry. *Paris, de l'imprimerie de la République*, *an V*,
3 vol. in-8 ant., dos orné, fil.

161 — Recueil d'opéras. Musique de Campra, Fran-
cœur, etc. *Paris*, 1699-1735, 18 vol. in-4 obl. (Musique notée.)

162 — Le Balet des qvolibets, dansé au Louure et à la
maison de ville, par monseigneur frère du Roy, le qua-
triesme ianuier 1627, composé par le sieur de Sigon-

gnes. *Paris, chez Augustin Courbé*, 1627, in-8, 16 p.,
mar. vert jans., dent. intér., tr. dor. (*Duru*).

Bel exemplaire de ce petit ouvrage rare. — Armes de Choiseul.

ENTRÉES, FÊTES, &

163 — LES DEVS PLVS GRANDES, plus célèbres et mémorables resiouissances de la ville de Lyon, la première pour
l'entrée de très-grand, très-chrestien, très-victorieux
prince Henri III, roy de France et de Nauarre ; la seconde pour l'heureuse publication de la paix, avec le
cours et la suite des guerres entre les deux maisons de
France et d'Austriche. *Lyon, par Thibaud Ancelin*,
1598, in-4, parch., planche fatiguée.

Les premiers ff. sont atteints d'humidité.

164 — LE LABYRINTHE ROYAL de l'Hercule gaulois triom-
phant sur le sujet des fortunes, batailles, victoires, tro-
phées, triomphes, mariages et autres faits héroïques et
mémorables de très-auguste et très-chrétien prince
Henri IIII, roy de France et de Navarre, représenté à
l'entrée triomphante de la reine, en la cité d'Avignon, le
19 novembre, l'an 1600, où sont contenues les magnifi-
ficences dressez à cet effet par la dite ville. *Avignon, s. d.*,
pet. in-fol., vél. fil., tr. dor.

165 — L'HISTOIRE DU PALAIS DE LA FÉLICITÉ, contenant les
aventures des chevaliers qui parurent aux courses faictes
à la place Royale, pour la feste des alliances de la France

et de l'Espagne... par François de Rosset. *Paris, de l'imprimerie de François Huby*, 1616, in-4 vél.

Fortes mouillures.

166 — Le Soleil au signe du lyon (Entrée de Louis XIII en la ville de Lyon). 1623, in-fol. rel., figures.

167 — LE SOLEIL AU SIGNE DU LYON, d'où quelques parallèles sont tirez avec le T. C. monarque Louis XIII, en son entrée triomphante à Lyon. *Lyon, Jevin Jullieron*, 1623, in-fol. vélin. *Figures*.

168 — La Voye de laict, ou le chemin des héros au palais de la gloire, ouuert à l'entrée triomphante de Louys XIII, roy de France et de Navarre, en la cité d'Avignon, le 16 de nove.mbre 1622 (par T. Berton). *En Auignon, de l'imprimerie de J. Bramereau*, 1643, in-4, ½ av., chag. r., dent. int., tr. dor. (*Gruel*).

Bel exemplaire, aux armes de Choiseul.

169 — Les Armes triomphantes de Son Altesse Monseigneur le duc d'Espernon, pour le sujet de son heureuse entrée faite dans la ville de Dijon, le huitième jour du mois de mai 1656. *Dijon, chez Philib. Charance*, 1656, in-4, v. antiq., planches.

170 — Les Reiovissances de la paix, faites dans la ville de Lyon, le 20 mars 1660 (par le P. Menestrier). *Lyon, par Guillaume Barbier*, 1660. In-fol., v. ant.

Aux armes de la ville de Lyon.

171—L'Entrée triomphante de Leurs Majestez Louis XIV, roy de France et de Navarre, et Marie-Thérèse d'Au-

triche, son épouse, dans la ville de Paris, capitale de leurs
royaumes, au retour de la signature de la paix generalle
et de leur heureux mariage. *Paris*, 1662, gr. in-fol.,
planches gravées, veau. (*Armoiries sur les plats.*)

172 — RELATIONS DE LA FESTE DE VERSAILLES, du 18 juillet 1668. *Paris, impr. roy.*, 1669, in-fol., v. br., fig.
d'Israël Silvestre et Le Pautre.

173 — COURSES DE FESTES et de bague, faittes par le Roy et
par les princes et seigneurs de sa cour, en l'année 1662.
Paris, de l'imprimerie 1670, gr. in-fol., maroq. rouge,
large dentelle à comp. fleurdelisé, tr. dor. (*Aux armes
royales.*)

174 — DISCOURS SUR LES ARCS TRIOMPHAUX dressés en la
ville d'Aix, à l'heureuse arrivée de monseigneur le duc
de Bourgogne et de monseigneur le duc de Berry. *Aix*,
1701, in-fol., v. antiq.

175 — L'AVGVSTE PIÉTÉ DE LA ROYALE MAISON DE BOVRBON.
Sujet de l'appareil fait à Avignon pour la réception de
monseigneur le duc de Bourgogne et de monseigneur le
duc de Berry..., par le P. J. J. Bontous. *Avignon,
chez Fr. Seb. Offray*, 1701, in-fol., pl., mar. r.

Portrait de Clément XI, ajouté.

176 — DESCRIPTION DES FÊTES données par la ville de Paris,
à l'occasion du mariage de madame Louise-Élisabeth de
France et de don Philippe, infant et grand amiral d'Espagne, les vingt-neuvième et trentième août 1739. *Paris*,
1741, gr. in-fol. maroq. rouge, dent., tr. dor. (*anc.
reliure*), 13 planches.

Aux armes de la ville de Paris.

177 — Journal de ce qui s'est fait pour la réception du roy, dans sa ville de Metz, le 4 aoust 1744. *Metz, Pierre Collignon*, 1744, in-fol. v., 8 grandes planches.

178 — Fêtes publiques données par la ville de Paris, à l'occasion du mariage de monseigneur le Dauphin, les 23 et 26 février 1745, et le 13 février 1747. *S. l. n. d.*, gr. in-fol., texte et planches gravées, maroq. rouge, dos et dentelles fleurdelisés, avec les armes de la ville de Paris sur les plats. (Ancienne reliure.)

179 — Relation des fêtes données par la ville de Strasbourg à Leurs Majestés Impériales et Royales, les 22 et 23 janvier 1806, à leur retour d'Allemagne. *Strasbourg*, 1806, in-fol., v. vert, planches gravées au trait. (Aux armes de Choiseul.)

180 — Représentation des fêtes données par la ville de Strasbourg, pour la convalescence du Roi, à l'arrivée et pendant le séjour de Sa Majesté en cette ville, inventé, dessiné et dirigé par M. J. Weis, graveur de la ville. *Paris, s. d.*, gr. in-fol. maroq. bleu, dos fleurdelisé, dent., tr. dor. (*Aux armes royales, anc. reliure.*)

181 — Descrizion delle feste fatte in Firenze per la canonizzazione di Santo Andrea Corsini. *In Fiorenza nella stamperia di Zanobi Pignoni*, 1632 ; pet. in-4, front. et fig. sur bois, vél.

Exemplaire grand de marges.

182 — Festa fatta in Roma, alli 25 di febraio 1634. E data in luce da Vitale Mascardi. *In Roma, s. a.*, in-4, avec pl., vél.

183 — APPLAVSI FESTIVI FATTI IN ROMA per l'elezzione di
Ferdinando III al regno de Romani, dal ser.mo Princ.
Maurizio card. di Savoia. Descritti da D. Luigi Manzini.
In Roma appresso Pietro Antonio Faceiotti, 1637, pet.
in-4, front. et 41 pl. grav. sur bois, v. f. ant., fil., tr., r.

184 — SIGISMUNDI AUGUSTI MANTUANI... triumphus. Julius
Romanus invenit. P. S. Bartolus sculpsit. *Romæ*, 1680,
in-folio maroq. r., fil., tr. dor. (Anc. rel.)

Ce triomphe a été exécuté à Mantoue, dans le palais ducal du T, par
Fr. Primatice, sur les dessins de Jules Romain.
Bel exemplaire.

185 — RAGGUAGLIO DELLE NOZZE DI FILIPPO V E DI ELISA-
BETTA FARNÈSE. *Parma*, 1717, in-fol., v. Frontispice
gravé et 5 grandes planches.

186 — MEMOIRES curieux envoyez de Madrid, sur les festes
ou combats de taureaux, sur le serment de fidélité, etc....
Paris, chez Frederic Leonard, 1670, in-8, mar. bleu,
fil. à comp., tr. dor.

Exemplaire an chiffre de M. Audenet.

187 — AIGENTLICHE WAHRHAFFTE DELINEATIO... (Description des fêtes pour le mariage du duc de Wurtemberg,
données à Stuttgart en juillet 1617, par Esaias de Hul-
sen.) *Tubingue*, 1618, in-fol. oblong, 172 pl. y compris
les titres, v. f. ant.

Aux armes de Choiseul.

BELLES-LETTRES

188 — Manuel lexique ou Dictionnaire portatif des mots français, dont la signification n'est pas familière à tout le monde... Nouvelle édition. *Paris, chez Didot*, 1755, 2 vol. in-8, mar. r., dos orné, fil., tr. dor. (*Armes de l'archevêque de Choiseul-Cambresis.*)

189 — Discours qui a remporté le prix d'éloquence, par le jugement de l'Académie royale d'Angers, en l'année 1688. Dédié au Roy, par monsieur Delagrauche. *Paris, chez Jean-Baptiste Coignard*, 1688, in-12, mar. r., dos orné, fil., tr. dor. (*Aux armes de Louis XV.*)

190 — Oraison funèbre de Marie Therese d'Austriche, infante d'Espagne, reine de France et de Navarre, prononcée à Saint-Denis, le premier de septembre 1683, par messire Jacques-Benigne Bossuet. *Paris, chez Sebastien Mabre-Cramoisy*, 1683, in-4, v. ant. (*Armes de Choiseul.*)

On a joint à cet exemplaire les Oraisons funèbres de Marie-Thérèse d'Autriche par Fléchier, de La Chambre, des Alleurs, A. Anselme, Denise, Baüyn, dom A. Gallois, Heron, Challopin, David, Bobé, J. de Bollogne, Arcange Enguesrrant, N. Tavernier (anonyme).

191 — L'Iliade d'Homère, avec des remarques, précédée de réflexions sur Homère et sur la traduction des poëtes, par M. Bitaubé, troisième édition. *Paris, de l'imprimerie de Didot l'aîné*, 1787, 6 tomes en 8 vol.—L'Odyssée d'Homère, avec des remarques, précédée de réflexions sur l'Odyssée et sur la traduction des poëtes, par M. Bitaubé, seconde édition. *Paris, de l'imprimerie de Didot l'aîné*, 1788, 6 vol. Ensemble 14 vol. in-16, por-

traits et grav., mar. r., dos orné, dent., tr. dor. (*Armes
de Choiseul.*)

Exemplaire en papier vélin.
Il y a une erreur de tomaison à l'Iliade. Le t. V, 2e partie, porte sur
le dos de la reliure le n° 7 au lieu du n° 6, et naturellement le tome VI,
1re partie, porte le n° 6 au lieu du n° 7.

192 — Di Tito Lucrezio Caro Della natura delle cose libri
sei, tradotti dal latino in italiano da Alessandro Mar-
chetti... *In Amsterdamo*, 1754, 2 vol. in-8, front. et titres d'Eisen, gravures de Cochin fils, mar. r., dos orné,
dent. et ornements sur les plats, tr. dor. (*Armes de
Choiseul.*)

Bel exemplaire avec les gravures avant la lettre.

193 — Publii Virgilii Maronis opera, per Johannem Ogi-
lium edita. *Londini*, 1663, in-fol., maroq. rouge, fil.,
tr. dor. (*Anc. reliure.*)

Armes de Choiseul.

194 — VIRGILII Opera, edidit Heyne. *Londini*, 1793,
4 t. en 8 vol. in 4, mar., v. fil., tr. (Aux armes de Choiseul).

Exemplaire en grand papier.

195 — L'Enéide, traduite en vers français, par Jacques
Delille. *Paris, chez Giguet et Michaud*, 1804, 4 vol. in-4,
demi-rel., v. rouge.

196 — Les Poésies d'Horace, traduites en françois, avec
des remarques et des dissertations critiques, par le R. P.
Sanadon. Nouvelle édition. *Amsterdam et Leipsig,
chez Arkstée et Merkus*, 1756, 8 vol. in-8, mar. r., dos
orné, fil., tr. dor. (*Rel. anc.*)

Bel exemplaire, en grand papier de Hollande. — Il y a eu deux tirages
de cet ouvrage sous cette date, celui-ci est le plus complet.

197 — La Tebaido di Stazio di Selvaggio Porpora (le cardinal Cornelio Bentivoglio). *In Roma appresso Giovanni
Maria Salvioni*, 1729, in-4, mar. r., dos orné, large
dent, tr. dor. (*Anc. reliure.*)

> Armes de Choiseul.

198 — Laurentii Pilladii, canonici ecclesiæ sancti Deodati,
Rusticiados libri sex, in quibus illustris principis An-
tonii Lotharingiæ, Barri et Gheldriæ ducis, gloriosissima
de seditiosis Alsatiæ rusticis victoria copiose describitur.
Metis, ex officina Joannis Palier, 1548. In-4, mar.
gris. (*Armes de Choiseul.*)

> Ouvrage rare ; le titre et quelques feuillets sont remontés et raccom-
> modés. — Croix des ducs de Lorraine sur le dos de la reliure.

199 — Collection des poëtes français. *Paris, de l'imprimerie d'Antoine Urbain Coustelier*, 1723 à 1724,
10 vol. pet. in-8, v. f., dos orné, fil., tr. r.

> Bel exemplaire. Pour les deux volumes des œuvres de Racan, la reliure
> n'est pas semblable aux autres (v. marb. tr. d'or.), et le tome I a des
> mouillures.

200 — Poésies diverses (par Frédéric-le-Grand). *Berlin,
chez T. F. Voss*, 1760, in-4, front., v. ant., large dent ,
tr. dor.

201 — Le roman de la Rose, par Guillaume de Lorris et
Jean de Meung, édition publiée par S. B. Lantin de Da-
merey. *Paris, chez S. B. Fournier et P. N. F. Didot, an VII*, 5 vol. in-4, grav., cart. n. rog.

> Exemplaire en grand papier vélin. — Fig. avant la lettre.

202 — Premices dv ievne Nicolas Clement de Vizelise,
au comte de Vavdemont, presentées av commencement
de l'an 1571, à tres haut... prince, monseigneur le duc

de Lorraine. *Heydelberg, par Michel Schirat*, 1571,
in-8, réglé, mar. r. jaus., dent. int., tr. dor. (*Duru.*)

Très-bel exemplaire de ce petit volume rare. Armes de Choiseul sur
les plats.

203 — LES ŒVVRES DE M⁺ᵉ FRANÇOIS DE MALHERBE, gentil-
homme ordinaire de la chambre du Roy. *Paris, chez
Charles Chappellain*, 1630. In-4, portrait, mar. bleu foncé, dos orné, fil., tr. dor. (Armes de Choiseul, sur les plats
et sur le dos les armes de la comtesse de Verrue.)

Première édition des Œuvres complètes de Malherbe. — Mouillures.

204 — ŒUVRES DE NICOLAS BOILEAU DESPRÉAUX avec des
éclaircissemens historiques donnez par lui-même, nouvelle édition enrichie de figures gravées par Bernard Picart le Romain. *Amsterdam, chez Fr. Changuion*, 1729.
2 vol. gr. in-fol. maroq. rouge dent. tr., dor.

Aux armes de Choiseul.

205 — ŒUVRES DE NICOLAS BOILEAU DESPRÉAUX avec des
éclaircissements historiques donnez par lui-même, nouvelle édition enrichie de figures gravées par Bernard Picart le Romain. *La Haye, chez Pierre de Hondt*, 1729.
2 vol. in-fol. v. f. antiq.

206 — ŒUVRES DE NICOLAS BOILEAU DESPREAUX, avec des
éclaircissements historiques donnez par lui-même, nouvelle édition enrichie de figures gravées par Bernard Picart le Romain. *La Haye, chez P. Gosse et J. Neaulme*,
1729. 2 vol. in-fol., fr. gr., maroq. rouge fil., tr. dor.
(*Anc. rel*).

Bel exemplaire.

207 — ŒUVRES DE BOILEAU DESPRÉAUX... avec des remarques de M. de Saint-Marc, nouvelle édition. *Paris, chez Les libraires associés* 1772, 5 vol. in-8, grav. d'après Picart, v. f. ant., dos orné, dent., tr. dor.

Bel exemplaire.

208 — ŒUVRES DE BOILEAU, avec un nouveau commentaire par M. Amar. *Paris, chez Lefèvre*, 1824, 4 vol. in-8, portr., v. v. dent. et orn. à froid sur les plats, tr. marb.

Reliure du tome I fatiguée.

209 — FABLES CHOISIES, mises en vers par M. de La Fontaine, et par luy revûes, corrigées et augmentées. *Paris, chez Denys Thierry et Claude Barbin* 1678 à 1694, 5 vol. in-12, fig. de Chauveau et autres, v. ant. granit, dos orné.

Seule édition complète imprimée sous les yeux de l'auteur. — Les deux premiers volumes sont de la réimpression faite sous la date de 1678. — Les tomes III et IV n'ont pas les cartons dont parle Brunet, et enfin le tome V est du troisième tirage.

210 — FABLES CHOISIES, mises en vers par J. de La Fontaine. *Paris, Desaint et Saillant*, 1755. 4 vol. in fol., figures d'Oudry gravées à l'eau-forte par Cochin, Fessard, etc., v. fauve antiq. dos orné à petits fers, fil., tr. dor. reliure de PADELOUP. (*Aux armes de Choiseul.*)

Très-bel exemplaire en *grand papier fort.*

211 — FABLES DE LAFONTAINE, imprimées par ordre du roi pour l'éducation de monseigneur le Dauphin, *Paris, de l'imprimerie de Didot l'aîné*, 1788, in-4, maroq. rouge fil., tr. dor. (anc. reliure).

212 — LA PUCELLE ou la France délivrée, poëme héroïque

par M. Chapelain. *Paris, chez Augustin Courbé,* 1656,
in-fol. maroq. rouge dos fleurdelisé, fil., tr. dor. (reliure
ancienne).

Première édition du poëme de Chapelain. Elle est enrichie de belles
figures d'ABRAHAM BOSSE et de deux magnifiques portraits de Nanteuil.
Le présent exemplaire est tiré sur un plus grand papier que les exemplaires ordinaires.

(Note de M. Arthur Dinaux.)

Ce volume porte sur chaque plat un chiffre entrelacé, surmonté d'une
couronne royale, d'un coté une double LL et de l'autre une M et un T,
qui doivent indiquer selon toute apparence les noms de Louis XIV et de
Marie-Thérèse, sa femme, à qui cet exemplaire aurait appartenu.

213 — LES DONS DES ENFANTS DE LATONE : la Musique e la
Chasse au cerf, poëmes dédiés au Roy (par S. de Serré de
de Rieux). *Paris, Prault,* 1734. In-8, musique gravée, mar.
vert, dent. int., tr. dor. (*Petit, successeur de Simier.*)

Titre remonté, planches de musique tachées. — Armes sur les plats.

214 — L'ART DE PEINDRE, poëme. Avec des réflexions sur les
différentes parties de la peinture. Par M. Watelet. *Paris,
de l'imprimerie de H L. Guérin et L. F. Delatour,*
1760. In-4, front. et fig., v. ant. marbré., dos orné, fil.,
tr. r. (*Armes de Choiseul.*)

215 — LES SAISONS, poëme (par Saint-Lambert). *Amsterdam,* 1769. In-8, front. et grav. de Le Prince, fig. de
Choffart, v. ant. marb., dos orné, tr. r.

Feuillets détachés.

216 — LA HENRIADE de M. de Voltaire. *Londres,* 1728, in-4
planches gravées, veau antiq. (*Aux armes de Choiseul.*)

217 — LA HENRIADE, de Voltaire, avec les variantes. *Paris,
P. Didot fils,* 1790 in-4 maroq. rouge dent., doublé de
satin bleu, tr. dor.

Imprimé par ordre du Roi pour l'éducation de monseigneur le
Dauphin.

218 — L'Homme des champs, ou les géorgiques françaises, par Jacques Delille. *Strasbourg*, 1802, in-4, maroq. vert, dos orné, dent. à comp., tr. dor.

219 — Pigmalion, de M. J. J. Rousseau, scène lyrique mise en vers par M. Berquin, le texte gravé par Drouet. Bv. in-8, de 8 pages, papier vélin n. rogné.

Vignettes de Moreau le jeune, gravées par Ponce. de Launoy, Gaucher, etc. Très-belles épreuves.

220 — Tangu et Félime, poëme en IV chants, par M. de la Harpe. *Paris, chez Pissot, s. d.* In-8, front. et grav. de Marillier, titre gravé, v. ant., marb., fil., tr. dor.

221 — Les Feuilles d'automne, par Victor Hugo. *Paris, Eugène Renduel*, 1831. In-8, demi-rel. v., dos orné.

Première édition. — Envoi de l'auteur sur le faux titre.

222 — Poésies de M. de la Monnoye, avec son éloge, publiées par M. de S***. *La Haye, chez Charles Le Vier*, 1716. In-8, v. ant. granit, dos orné, tr. r. (*Armes de Choiseul.*)

223 — Anthologie française, ou chansons choisies, depuis le XIIIe siècle jusqu'à présent (par Monet). *S. l.*, 1765, 3 vol. in-8 portrait d'après Cochin, gravures de Gravelot et musique, mar. vert., dos orné, fil., tr. dor. (*Armes de Choiseul.*)

Bel exemplaire.

224 — Chansons joyeuses, mises au jour par un ane onyme, onissime (par Collé), nouvelle édition augmentée et avec de grands changements qu'il faudrait encore changer. *Paris, Londres et Ispahan seulement, de l'imprimerie*

de l'Académie de Troyes, VXL. CCD. M (1765). 2 parties
en 1 vol. in-8, front. de Gravelot à la seconde partie,
pl. de musique, mar. vert, dos orné, fil., tr. dor. (*Armes
de Choiseul.*)

Bel exemplaire en ancienne reliure.

225 — Chants et chansons populaires de la France. *Paris, Delloye,* 1843, 3 vol. in-4, musique et grav., dos et
coins de chag. bleu, tête dor., non rog.

Taches de rousseur.

226 — Nouveau recueil de chansons choisies seconde
édition. *La Haye, chez Jean Neaulme,* 1726. 4 vol in-
12, musique notée, v. f. ant., dos orné, tr. r.

227 — Galimathias poétique, ou recueil de plusieurs petites
pièces de vers et de chansons sur des airs nouveaux et
connus. Par M. Messageot. *Paphos, chez Narcisse Mon-
loisir,* 1770. In-8, dos et coins de mar. vert, dos orné, fil.
non rog. (*Hardy.*)

228 — Della perfetta poesia italiana, spiegata e dimos-
trata con varie osservazioni.... da Lodovico Antonio Mu-
ratori. *In Venezia, appresso Sebastiano Coleti,* 1748, 2
vol. in-4 mar. r., dos orné, fil., dent. int., tr. dor.

Exemplaire aux armes de Choiseul. — La reliure, signée de Padeloup,
ne doit pas être de ce relieur.

229 — Roland furieux (par Arioste), traduction nouvelle
par M*** (J. B. de Mirabaud). *La Haye, chez Pierre
Gosse,* 1741, 4 vol. in-12 v. f. ant., dos orné, tr. r. (*Armes de Choiseul.*)

230 — Cicalamento in canzonette ridicolose o vero trat-

tato di matrimonio tra Buffeto e Colombina comici *S. l. n· d.*, in-4, planch. (*Aux armes de Choiseul.*)

231 — Cornazano, de re militari nuouamente con somma diligentia impresso. (A la fin) *Impresso in Firenze per li heredi di Philippo di Giunta*, 1520. In-8, vélin, dos orné.

Taches de rouille.

232 — Rime et prose di M. Giovanni Della Casa. *Impresso in Vinegia, per Nicolo Bevilacqa*, 1558. Pet. in-4, ant. marb. , dos orné, fil., dens. int., tr. dor.

Exemplaire grand de marges de cette édition recherchée. — Une tache à l'épitre. — Marge d'un feuillet raccommodée et petites piqûres de vers aux derniers ff. de l'ouvrage.

233 — Histoire de Roland l'amoureux , comprenant les cheualeureux faicts d'armes et d'amours, diuisee en trois liures, mis en italien par le seigneur Matthieu-Marie Bayard, comte de Scandian et de nouueau traduit en françois, par M. Jacques Vincent du Chrest Arnaud en Dauphiné. *Paris. pour Claude Gaultier.* 1574, 3 parties en 1 vol. in-8, v. ant. granit., dent. int., fil., tr. dor. (*armes de Choiseul*).

234 — Il Vespaio stozzicato, satire veneziane di Dario Varotari altre volte Ardio Rivarota, et Oratio Varardi. *Venezia, presso Pietr' Antonio Zamboni,* 1671. In-8, front., chag. noir, tr. dor. (*Armes de Choiseul*).

235 — La Gerusalemme liberata di Torquato Tasso con le figure di Giambatista Piazzetta alla sacra real maesta di Maria Teresa d'Austria regina d'Ungeria e di Boemia,

In Venezia , 1745, gr. in-fol., marq. rouge, fil., tr. dor.
(*ancienne reliure*).

Aux armes de Choiseul.

236 — LA GERUSALEMME LIBERATA di Torquato Tasso. *Parigi, Didot.* 1788, 2 vol. in-4, mar. r., fil., tr. dor.

Figures de Cochin.

237 — LA JERUSALEM DÉLIVRÉE en vers françois, par L.
P. M. F. Baour-Lormian. *Paris, de l'impr. de P. Didot l'ainé,* 1796, 2 vol. in-4, cart., n. rog. Figures de
Cochin.

238 — CHOIX DE POÉSIES ALLEMANDES, par M. Hubert.
Paris, chez Humblot, 1766, 4 vol. in-12, grav. d'Eisen,
gravées par Longueil, mar. r., dos orné, fil., tr. dor.
(*armes de la duchesse de Grammont-Choiseul*).

239 — PARADIS PERDU, traduit par Jacques Delille. *Paris, chez Giguet et Michaud,* 1805, 3 vol. in-8, gravures, mar. bl., dos orné, dent., tr. dor. (*Bozerian*).

Exemplaire en grand papier.

240 — THE SEASONS by James Thompson. *London, printed for John Sharpe* , 1816, in-16, fig. de Westall,
mar. r. à. comp., dos orné, tr. dor.

241 — LES SAISONS, poëme, traduit de l'anglois de Thompson. *Paris, chez Nyon l'ainé,* 1779, in-8, front. et
grav. d'Eisen, v. ant. marb., dos orné, fil., tr. marb.

Gravures avant la lettre.

242 — PRIOR'S POEMS on several occasions. *London,* 1717,
gr. in-fol., v. br.

243 — THE FABLES OF JOHN DRYDEN ornamented with en-
gravigns from the pencil of the right hon. Lady Beauclerc.
London, 1797, in-fol., maroq. rouge foncé doublé de
veau bleu avec dentelle, tr. dor. (*aux armes de Choiseul*).

> Reliure anglaise.

244 — P. TERENTII comœdiæ sex, cum ex Donato commen-
tariis. *Parisiis in officina Roberti Stephani*, 1529,
petit in-fol., bas.

245 — LES COMÉDIES DE TÉRENCE. Traduction nouvelle,
avec le texte latin à côté et des notes par M. l'abbé le Mon-
nier. *Paris, chez Ch. Ant. Jombert*, 1771, 3 vol. in-8,
gravures de Cochin, maroq. r., dos orné, tr. dor. (*rel.
anc.*).

> Bel exemplaire en papier de Hollande.

246 — HISTOIRE DU THÉÂTRE FRANÇOIS, depuis son origine
jusqu'à présent, avec la vie des plus célèbres poëtes dramatiques, un catalogue exact de leurs pièces et des notes historiques et critiques (par les frères Parfaict).
Paris, chez P. G. Lemercier, 1745 à 1749, 15 vol. in-12,
v. f., ant., dos orné, tr. r. (*armes de Choiseul*).

247 — LE THÉÂTRE DE P. CORNEILLE, revu et corrigé par
l'auteur. *Paris, chez P. Trabouillet*, 1692, 5 vol. —
Poëmes dramatiques de T. Corneille. *Paris, chez P.
Trabouillet*, 1692, 5 vol. Ensemble, 10 vol. in 12. v.
ant. (*armes de Choiseul*).

> Taches de rousseur.

248 — THÉATRE DE PIERRE CORNEILLE, avec des commen-

mentaires, etc. — *S. l.* 1764, 12 vol. in-8, gravures de Gravelot, mar. r., dos orné, fil., tr. dor. (*rel. anc.*).

Aux armes de Choiseul.

249 — THÉATRE CHOISI DE P. CORNEILLE. *Paris, de l'imp. de Fr. Ambr. Didot*, 1783, 2 vol. in-4, maroq. rouge, fil., tr. dor. (*anc. rel.*).

250 — THÉATRE DE P. CORNEILLE avec les commentaires de Voltaire. *Paris, de l'imp. de P. Didot l'aîné, l'an IV de la République*, 1795, 10 vol. in-4, maroq. rouge, dos orné dent. à comp., doublé de satin bleu, tr. dor. (*reliés par Deforge*).

251 — ŒUVRES DE JEAN RACINE, imprimé par ordre du Roi pour l'éducation de monseigneur le Dauphin. *Paris, de l'imp. imerie de Franç. Amb. Didot l'aîné*, 1783, 3 v. in-4. maroq. rouge, dos orné, dent. à comp. doublé de sat. bleu, tr. dor. (*reliure de Bozerian*).

252 — ŒUVRES DE JEAN RACINE. *Paris, P. Didot*, 1801, 3 vol. gr. in-folio, papier vélin, cart.

Figures avant la lettre.

253 — ŒUVRES DE J. B. POQUELIN DE MOLIÈRE. *Paris, de l'impr. de P. Didot l'aîné*, 1791-94, 6 vol. in-4, mar. rouge, fil., tr. dor.

Très-bel exemplaire.

254 — ŒUVRES DE M. VADÉ, ou recueil des opéras-comiques, parodies et pièces fugitives de cet auteur. Nouvelle édition. *Paris, chez N. B. Duchesne*, 1758, 4 vol. in-8,

portrait et musique notée, v. ant. marb., dos orné,
tr. r.

255 — Théatre et œuvres diverses de M. Palissot de
Montenoy. *Londres, et se trouve à Paris, chez Duchene,*
1763, 3 vol. in 12, portr. et gravure, mar. r., dos orné,
fil., tr. dor. (*rel. anc.*).

256 — Œuvres anonymes. Théâtre (par Mme de la Haie de
Riou, marquise de Montesson. *Paris, Didot, l'aîné,*
1782, 5 tomes en 3 vol. in-8, v. ant. granit, fil., dent.,
int., tr. dor.

Cet ouvrage, tiré à petit nombre, est complet en 8 vol. — Les 3 derniers volumes manquent à cet exemplaire.

257 — Recueil de pièces de théatre. 5 vol. in-12 ou in-8,
v. f. ant., dos orné, tr. r. (*armes de Choiseul*).

Recueil de 27 pièces, parmi lesquelles se trouvent : L'Oracle, par Sainte-Foix. — La Pupille, de Fagan. — L'Italien marié, le Déguisement, les Contre-temps, etc., de M. La Grange. — Les Confidences, les Sincères, l'Epreuve, de Marivaux, etc., etc. — Presque toutes ces pièces sont des éditions originales, quelques-unes ont une gravure ou de la musique.

258 — Soliman second, comédie en trois actes, en vers,
par M. Favart. *Paris, chez Duchesne,* 1762, in-8,
grav. et pl. de musique, mar. r., dos orné, fil., tr. dor.
(*armes de Choiseul-Stainville*).

Édition originale.

259 — Dupuis et des Ronais, comédie en trois actes et en
vers libres, par M. Collé. *Paris, chez Duchesne,* 1763,
in-8, mar. olive, fil., tr. dor. (*rel. anc.*).

Édition originale.

260 — Cromwell, tragédie en cinq actes en vers, par M. Du

Clairon. *Paris, chez Duchesne*, 1764, in-12, front., mar. r., dos orné, trois fil., tr. dor. (*armes de Choiseul Praslin.*)

Exemplaire de dédicace.
Édition originale.

261 — Les Moissonneurs, comédie en trois actes et en vers, meslée d'ariettes... par M. Favart. *Paris, chez la veuve Duchesne,* 1768, in-8, musique notée, mar. r. doublé de tabis, fil., tr. dor. (*armes de Choiseul.*)

Exemplaire de dédicace.
Édition originale.

262 — L'Honnête criminel, ou l'amour filial, drame en cinq actes et en vers par M. Fenouillot de Falbaire, seconde édition. *Amsterdam, et se trouve à Paris, chez Merlin,* in-8 fig. de Gravelot, gravées par Binet, mar. r., dos orné, fil., tr. dor. (*armes de Choiseul de Stainville*).

263 — Les Spectacles de Paris, ou calendrier historique et chronologique des théâtres ; avec des anecdotes et un catalogue de toutes les pièces jouées sur les différents théâtres, etc..... 1775 à 1780. *Paris, chez la veuve Duchesne,* 5 vol. in-16 v. ant. marb., tr. marb. r. ou dor.

Les années 1775 et 1776 sont reliées en 1 vol.

264 — Teatro comico fiorentino, contenente xx delle più rare commedie citate da' sig. Accademici della Crusca. *In Firenza,* 1650, 6 vol. in-8, v. ant. porph., dos orné, fil., tr. dor.

Exemplaire aux armes de la duchesse de Beauveau-Craon.

265 — The Works of Shakespear, collated and corrected by the former editions, by M. Pope. *London,* 1725, 6 vol. in-4 v. antiq.

266 — Recueil des pièces de théâtre de Nat. Lee et de Ottway (en anglais). *Londres*, 1670-1680, environ 20 pièces en 1 vol. in-4, figures.

Exemplaire rogné. Feuillets déchirés.

267 — Fables d'Esope, avec celles de Philelphe. Nouvelle édition. *Paris, chez Davidtz*, 1763, 2 vol. in-12, front. et fig. sur bois de Raymond, v. f. ant., dos orné, fil., tr. marbr.

268 — Recueil de romans historiques. *Londres*, 1747, 8 vol. pet. in-12 v. f. dos orné, tr. r. (*armes de Choiseul*).

Bel exemplaire.

269 — Les Amours De Psyché et le Cupidon, par **La** Fontaine. *Paris, Didot, an III*, in-4 v., tr. dor.

Figures de Moreau.

270 — Les Aventures de Télémaque, fils d'Ulysse, gravées d'après les desseins de Charles Monnet, peintre du Roy, par Jean-Baptiste Tilliard. *Paris*, 1773, 2 vol. in-4, maroq. rouge dent. à comp., doublé de satin bleu, tr. dor.

Bel exemplaire.

271 — Les Aventures de Télémaque, par de Fénelon. *Paris, Didot*, 1783, 2 t. en 1 vol. in-4 d-rel. mar. r. fil. n. rogn.

272 — Les Aventures de Télémaque, fils d'Ulysse, par M. de Fénelon, imprimé par ordre du Roi pour l'éducation de monseigneur le Dauphin. *Paris, Ambr. Didot l'aîné*, 1783, 2 vol. in-4 cart. n. rog.

273 — LE TEMPLE DE GNIDE (par Montesquieu), nouvelle édition. *Paris, chez Le Mire, graveur,* 1772, in-4 texte gravé, gravures d'après Eisen, grav. par Le Mire, mar. r., dos orné, 3 fil., dent. int., tr. dor. (*Derome le jeune.*)

Reliure signée.
Très-bel exemplaire, aux armes de Choiseul.
Premier tirage.

274 — JOSEPH, par M. Bitaubé. *Paris, de l'imprimerie de Didot l'aîné,* 1786, in-8, grav. de Marillier et portrait de Cochin, mar. r., dos orné, fil., tr. dor. (*Rel. anc.*)

Bel exemplaire en papier vélin.

275 — LES MARTYRS, ou le triomphe de la religion chrétienne ; par F. A. de Chateaubriand. *Paris, Le Normant,* 1809, 2 in-8 v. r. fil., tr. marb.

Édition originale.

276 — LE CATÉCHISME DES COURTISANS, contenant diverses questions de la cour..... *Cologne, chez Pierre du Marteau,* 1691, in-12 mar. r., dent. int., tr. dor. (*Rel. moderne aux armes de Choiseul.*)

277 — MÉMOIRES ET AVANTURES d'un homme de qualité qui s'est retiré du monde (par l'abbé Prévost). *Paris, chez Le Gras,* 1728, pour les tomes 1 et 2, *Paris, chez Delaulne,* 1730, pour les tomes 3 et 4. *Amsterdam,* 1732 à 1733, pour les tomes 5 à 7. Ensemble 7 tomes en 4 vol. in-12, v. ant. granit, dos orné, tr. r.

Le tome VII, qui porte V sur le dos de la reliure, est formé par l'*Histoire de Manon Lescaut.* Amsterdam, 1733.

278 — LA VIE DE MARIANNE, ou les avantures de madame la comtesse de ***, par M. de Marivaux. *Paris, chez*

Prault, 1734 à 1745, 12 parties en 4 vol. in-12, v. ant. marb., dos orné, tr. r.

279 — Oronoko, ou le prince nègre. Imitation de l'anglois, par M. de La Place. *Londres, et se trouve à Paris, chez Vente*, 1769, in-12, gravures de Marillier, au bistre, mar. citron, dos orné, fil., tr. dor. (*Armes de Choiseul.*)

280 — Le Diable boiteux, par M. Le Sage. Nouvelle édition. *Paris*, 1792. In-8, portrait et grav. de Marillier, bas.

281 — Paul et Virginie, par S. H. Bernardin de Saint-Pierre. *Paris, L. Curmer*, 1838. In-8, gravures, mar. vert, fil. et ornem. sur les plats, dent. int., tr. dor.

Exemplaire avec le portrait de Mad. Curmer et les six portraits sur chine dont celui du *docteur*, par Meissonier.

282 — 1572, Chronique du temps de Charles IX (par Prosper Mérimée). *Paris, Alexandre Mesnier*, 1829. In-8, demi-rel. bas. verte, tr. marb.

Première édition.

283 — LE CABINET DES FÉES, ou collection choisie des contes des fées, et autres contes merveilleux. *Amsterdam, et se trouve à Paris, rue et hôtel Serpente*, 1785 à 1789, 41 vol. in-8, gravures de Marillier, mar. r., dos orné, fil., tr. dor. (*Armes de Choiseul*).

284 — VOYAGES IMAGINAIRES, songes, visions, et romans cabalistiques. *Amsterdam, et se trouve à Paris*, 1787 à 1789, 39 vol. in-8, grav. de Marillier, mar. r., dos orné, fil., tr. dor. (*Armes de Choiseul*).

285 — LE CABINET DES FÉES, ou collection choisie des contes des fées, et autres contes merveilleux. *Amsterdam, et se trouve à Paris*, 1785 à 1789, 41 vol. in 8, gravures de Marillier, v. f. ant. dos orné, fil.

286 — ŒUVRES BADINES complettes du comte de Caylus. *Amsterdam, et se trouve à Paris, chez Visse*, 1787, 12 vol. in-8, portrait de Cochin et grav. du Marillier, v. ant. rac., tr. jaune (*Courteval*).

Seule édition complète.

287 — LA HISTORIA perche si dice l'è fatto il becco all'oca. *In Bologna, per Domenico Barbieri, s. d.* — Novella di madonna Isotta da Pisa, doue si comprende la sapienza d'vn giouine nel corregger la superba Moglie. Composta per Andrea Volpino. *In Trevigi. Et di nuouo in Bologna, per Domenico Barbieri, s. d.* — Historia bellissima da ridere, di Bossotto. Quale essendo pregato da vn monaro ad aiutarli à cauar vn asino, esso gli spicò la coda..... *In Trevigi,* 1652. — Dialogo, doue s'intende il pentimento della donna, e la crudeltà d'ell'huomo. *Bologna, s. d.* 4 pièces en 1 vol. in-4, grav. sur bois, mar. bleu fil. à comp., tr. dor. (*Armes de Choiseul*).

288 — CONTES ET NOUVELLES de Boccace, florentin. Traduction libre, accomodée au goût de ce temps, troisième édition. *Bologne, chez Jacques Gaillard,* 1732, 2 vol. in-8, fig. de Romain des Hooge, v. f. ant., tr. r.

289 — LES PRINCIPALES AVENTURES de l'admirable Don Quichotte, représentées en figures par Coypel, Picart le Romain, et autres habiles maîtres, avec les explications des 31 planches de cette magnifique collection tirées de

l'original espagnol de Miguel de Cervantes. *La Haye,*
1746, in-4, maroq. rouge fil., tr. dor., anc. reliure.
Bel exemplaire, bonnes épreuves.

290 — LES SOUFFRANCES DU JEUNE WERTHER, par Goëthe,
traduites par le comte Henri de La B.... (La Bédoyère).
Seconde édition. *Paris, de l'imprimerie de Crapelet,*
1845. In-8, grav. mar., bleu foncé, fil., dent. int., tr. dor.
(Duru.)
Très-bel exemplaire en grand papier vélin, aux armes de Choiseul, et
provenant de la bibliothèque du comte H. de la Bédoyère. — Trois
épreuves des gravures, toutes les trois avant la lettre blanche, sur chine,
et eau-forte.

291 — TOM JONES, ou histoire d'un enfant trouvé, par Fiel-
ding, traduction nouvelle et complète. *Paris, F. Didot
frères,* 1833, 4 vol. in-8, dos et coins de mar. noir, tête
dor., ébarbé (*Bibolet*).
Exemplaire en gr. papier vélin, avec les gravures de Moreau, sur
chine, avant la lettre. — Taches de rouille sur les titres.

292 — ŒUVRES DE FENIMORE COOPER. Traduction de M. Defauconpret. Tomes I à X. *Paris, Furne,* 1830 à 1831. 10
vol. in-8, bas. rac.

293 — LINES WRITTEN AT AMPTHILL PARK, in the autumn
of 1818 (by Henry Luttnell). *London, John Murray,*
1819. In-4, cart. n. rog.
Ouvrage tiré à petit nombre. — Envoi signé de Milady Holland à la
marquise de Coigny.

294 — HISTOIRE CRITIQUE de la république des lettres, tant
ancienne que moderne (par Masson). *Utrecht et Amsterdam, Poolsum,* 1712 à 1717, 14 vol. in-12, v. ant.
gran.
Exemplaire aux armes et au chiffre du duc de Mortemart. — Le
tome XV manque.

295 — Mémoires secrets pour servir à l'histoire de la République des lettres en France, depuis 1762 jusqu'à nos jours, par feu M. de Bachaumont. *Londres, chez John Adamsohn*, 1777 à 1789, 36 vol. in-12, v. ant., tr. r.

> Les tomes 30, 31 et 33 manquent. Les tomes 25 à 36 sont reliés en demi-veau.

296 — Lettres persanes (par Montesquieu), avec le supplément des Lettres turques (par de Saint-Foix). *Cologne, chez Pierre Marteau (à la Sphère)*, 1731, 2 vol. in-12, v. f. ant., dos orné, tr. r. (*Armes de Camus de Pontcarré*).

297 — Proverbes en rimes, ou rimes en proverbes, tirés en svbstance, tant de la lecture des bons livres, que de la façon ordinaire de parler, et accomodez en distiques ou manières de sentences qui peuuent passer pour maximes dans la vie, etc... par M. le Duc. *Paris, chez Gabriel Qvinet*, 1665, 2 tomes en 1 vol. in-12, mar. r., dent. int., tr. dor. (*Duru.*)

> Exemplaire aux armes de Choiseul.

298 — Essais divers, lettres et pensées de madame de Tracy. *Paris, Plon*, 1852 à 1855, 3 vol. in-12, dos et coins de mar. Lavall., dos orné, fil., tête dor., ébarbé (*Capé*).

> Il y a deux exemplaires du tome III.

299 — Lettres de Mentor à un jeune seigneur, traduites de l'anglois par M. l'abbé Prevôt. *Londres, chez Paul Vaillant*, 1764, pet. in-8, mar. vert, dos orné, fil., tr. dor. (*Rel. anc.*)

> Exemplaire aux armes de madame la duchesse de Grammont-Choiseul.

300 — COLLECTIO auctorum latinorum. *Amstel., apud Weststenium*, 1746, 21 vol. in-16, frontispice, mar. v., dos orné, fil., tr. dor. (*Armes de Choiseul*).

301 — LES ŒUVRES diverses du sieur de Balzac, augmentées en cette édition de plusieurs pièces nouvelles. *Leide, chez Jean Elsevier*, 1658, in-12, front., vél.

Hauteur : 132 mill. 1/2.

302 — RECUEIL de pièces galantes, en prose et en vers, de madame la comtesse de La Suze, et de M. Pelisson. Nouvelle édition. *Trévoux, de l'imprimerie S. A. S.*, 1725, 4 vol. in-12, v. ant., dos orné, tr. r. (*armes de Choiseul.*)

303 — ŒUVRES DE MONSIEUR DE LA FONTAINE. *Anvers, chez les frères Jacob et Henry Sauvage*, 1726, 2 vol. in-4, portr. gravé, v. antiq. marb.

304 — ŒUVRES DIVERSES DE M. PIERRE BAYLE, professeur de philosophie et en histoire, à Rotterdam. *La Haye*, 1717, 4 vol. in-fol. v. brun. (Aux armes de Choiseul.)

305 — ŒUVRES DE MONSIEUR DE MONTESQUIEU. *Londres*, 1767, 3 vol. in-4, portrait et cartes, veau fauve antiq., fil., tr. dor.

Bel exemplaire.

306 — ŒUVRES COMPLÈTES d'ALEXIS PIRON, publiées par M. Rigoley de Juvigny. *Paris, de l'imprimerie de Lambert*, 1776, 7 vol. in-8, portrait, v. ant. marb., fil.

Première édition des OEuvres complètes de Piron.

307 — ŒUVRES COMPLÈTES DE L'ABBÉ DE VOISENON. *Paris,
chez Moutard*, 1781, 5 vol. in-8, portrait, v. ant.
gran., fil.

308 — ŒUVRES COMPLÈTES DE VOLTAIRE, avec des remarques et des notes; par MM. Auguis, Clogenson, Daunou,
Ch. Nodier, etc. *Paris, Delangle fr.*, 1828, 97 vol. gr.
in-8, papier vélin, dem-rel. veau rouge avec coins, fil.

> Exemplaire en *grand papier* non rogné.
> Il manque à cet exemplaire le 74ᵉ vol.
> Le tome 86 est double.
> Tache d'humidité.

309 — ŒUVRES DIVERSES DE M. ROUSSEAU. Nouvelle édition.
Amsterdam, chez François Changuion, 1729, 4 vol.
in-12, grav. de Debrie, mar. r., dos orné, dent., tr. dor.
(Rel. anc.)

310 — ŒUVRES DE ROUSSEAU. Nouvelle édition. *Londres*,
1753, 4 vol. pet. in-8, mar. citron, dos orné, fil., tr. dor.
(Rel. anc.)

> Exemplaire aux armes de la duchesse de Grammont-Choiseul.

311 — COLLECTION COMPLÈTE DES ŒUVRES DE J.-J. ROUSSEAU,
citoyen de Genève. *S. l., de l'imprimerie de la Société
littéraire typographique*, 1783 à 1789, 34 vol. in-12,
portrait et grav. de Marillier, mar. r., dos orné, dent. à
comp. et dent. int., tr. dor. (Rel. anc.)

> Le tome 32 manque.

312 — ŒUVRES DE J.-J. ROUSSEAU, avec des notes historiques. *Paris, Lefèvre*, 1819-1820, 22 vol. gr. in-8, papier
vélin, 2 épreuves de portraits, figures de Moreau le jeune

et de Lebarbier, maroq. foncé, dent. à froid et fil. à
comp. tr. dor.

Très-bel exemplaire.

313 — LES SACRIFICES DE L'AMOUR, ou lettres de la vicom-
tesse de Senanges et du chevalier de Versenay (par Dorat).
Amsterdam, et se trouve à Paris, chez Delalain, 1771,
2 vol. — Mes fantaisies (par Dorat), troisième édition.
La Haye, et se trouve à Paris, chez Delalain, 1770. Ensemble, 3 vol. in-8, gravures de Marillier et d'Eisen,
mar. r., dos orné, fil., tr. dor. (Rel. anc.)

314 — ŒUVRES DE M. THOMAS, de l'Académie française.
Nouvelle édition. *Amsterdam, et se trouve à Paris, chez
Moutard*, 1773, 4 vol. in-8, grav. et fig., mar. r., dos
orné, fil., tr. dor. (*armes de Choiseul*).

315 — ŒUVRES PHILOSOPHIQUES, historiques et littéraires
de d'Alembert. *A Paris, chez Jean-François Bastien*,
1805, 18 vol. in-8, v. f. ant., dos orné, fil., dent. int.,
tr. marb.

Les initiales F. C. P. gravées sur le dos de la reliure.

316 — ŒUVRES DE MANCINI, Nivernois. *Paris, de l'imprimerie de Didot jeune*, 1796, 8 vol. in-8. — Œuvres
posthumes du duc de Nivernois, publiées à la suite de son
éloge, par F. François (de Neufchâteau). *Paris, chez
Maradan*, 1807, 2 vol. Ensemble, 10 vol. in-8, portraits,
mar. r. doublé de tabis bleu, dos orné, fil. à comp., dent.
int., tr. dor.

Exemplaire en papier vélin.

317 — ŒUVRES COMPLÈTES DE M. LE VICOMTE DE CHATEAU-

BRIAND. *Paris, Ladvocat*, 1826-1831, 28 vol. gr. in-8, papier vélin, d.-rel. maroq. bleu foncé avec coins fil. n. rog.

Bel exemplaire.

318 — OPERE SCELTE DI FERRANTE PALAVICINO..... di nuovo ristampato..... *In Villafranca (à la Sphère)*, 1673, 2 vol. in-12, mar. vert, dos orné, fil., tr. dor. (*armes de Choiseul-Steinville*).

« La Retteriea delle puttane, » manque. — Le reste de l'ouvrage est bien conforme à la description qu'en donne Brunet dans son catalogue des Elseviers. — Le relieur a interverti l'ordre des tomaisons. Le premier volume porte tome II, et le 2e, tome I.
Hauteur, 127 mill.

319 — ŒUVRES DE WALTER SCOTT. Traduction de M. Defauconpret. *Paris, Furne*, 1830 à 1831, 30 vol. in-8, demi-rel. bas.

320 — ŒUVRES DE M. FRANKLIN, docteur ès-loix. Traduites de l'anglois, par M. Barbeu-Dubourg. *Paris, chez M. Quillau*, 1773, 2 tomes en 1 vol. in-4, portrait et pl. v. ant. marbr., dos orné, tr. r.

321 — CHOIX DE LITTÉRATURE. Elite de poésies et de prose ou mélanges de littératures. *S. L.* 1787 à 1789, 16 vol. Extraits des curiosités de Paris, *S. L.* 1787, 1 vol. Ensemble 17 vol. in-16, mar. vert, fil., dent. int., tr. dor. (Bradel).

Manuscrit sur papier, d'une très-jolie écriture, orné de frontispices, dessins, etc., etc., artistement faits à la plume. — On rencontre souvent dans les dessins les initiales D. R. entrelacées. Le tome XVI contient un portrait fait aussi à la plume, signé Crussan. — Tous les volumes portent sur le dos de la reliure : *Elite de poésies*, sauf le tome XII qui porte, *Choix de littérature*. — Les armes de Choiseul sont gravées sur les plats.

HISTOIRE

VOYAGES — HISTOIRE ANCIENNE

322 — JOURNAL DU VOYAGE fait par ordre du roi à l'Equateur, servant d'introduction historique à la mesure des trois premiers degrés du méridien, par M. de La Condamine. *A Paris, de l'imprimerie royale*, 1751. — Mesure des trois premiers degrés du méridien, dans l'hémisphère austral, par M. de La Condamine. *A Paris, de l'imprimerie royale*, 1751, 2 tomes en 1 vol. in-4, cartes et pl., mar. r., dos orné, fil., tr. dor. (*Armes d'un duc d'Orléans*).

323 — COSMOGRAPHIA UNIVERSALE, authore Sebastiano Munstero. *In Colonia*, 1575, in-fol. vélin.

> Taché. Ouvrage rempli de planches.

324 — LE THÉÂTRE DU MONDE ou nouvel atlas, mis en lumière par Guillaume et Jean Blaeu. *Amsterdam*, 1650, 4 vol. in-fol. parch. (plans color.).

325 — CARTES DE FRANCE, par Cassini ; collées sur toiles, en étuis, pet. in-4.

326 — LE FLAMBEAU DE LA GUERRE allumée au Rhin, représentées en 36 nouvelles cartes géographiques, dans lesquelles on voit le Rhin depuis Bon (*sic*) jusqu'à Bâle et les autres places aux environs. *Amsterdam, chez Pierre Schenk*, 1774, in-8, front. color. et 38 cartes color., montées sur onglets, rel.

327 — THÉÂTRE DES ÉTATS de Son Altesse Royale le duc
de Savoye, prince de Piémont, roy de Cypre, traduit du
latin de J. Blaeu par Jacques Bernard, en françois.
La Haye, chez Adrian Moetjens, 1700, 2 vol. gr. in-fol.,
grandes planches gravées, v. brun. Aux armes de
Choiseul.

328 — CARTES générales de l'île de Corse. 1823. Grand
Atlas in-fol., demi-rel. veau rouge.

329 — L'HYDROGRAPHIE FRANÇOISE ou Recueil des cartes
dressées au dépôt des plans de la marine, pour le service
des vaisseaux du roy, par le sieur Bellin, ingénieur de la
marine. 1756. grand in-fol. maroq., large dent. à comp.,
tr. dor. Aux armes de Choiseul.

330 — LE NEPTUNE FRANÇOIS ou recueil des cartes marines,
levées et gravées par ordre du roi. *S. l.,* 1753, gr. in-fol.
(1er volume), maroq. rouge, large dent. à comp., tr. dor.
(*Reliure de Pasdeloup, aux armes de Choiseul.*)

331 — LE PETIT ATLAS MARITIME, recueil de cartes et plans
des quatres parties du monde, par ordre de M. le duc de
Choiseul, colonel-général des Suisses et Grisons, ministre
de la guerre et de la marine, par le sieur Bellin, ingénieur. *Paris,* 1764, 5 vol. gr. in-4, cartes en couleurs,
maroq. rouge, fil., tr. dor. (*Anc. reliure*). Aux armes de
Choiseul.

332 — HISTOIRE GÉNÉRALE DES VOYAGES ou nouvelle collection de toutes les relations de voyages par mer et par
terre, qui ont été publiées jusqu'à présent dans les diffé-

rentes langues de toutes les nations connues…(par l'abbé
Prévost et autres). T. 1 à 72. *Paris, Didot,* 1749 à 1768,
72 vol. in-12, portrait, cartes et gravures, mar. r., dos
orné, fil., tr. dor. (*Armes de la duchesse de Grammont-
Choiseul*).

333 — VIE DU CAPITAINE COOK, traduite de l'anglais du
docteur Kippis par M. Castera. *Paris,* 1789. — Voyage
dans l'Hémisphère austral et autour, fait sur les vaisseaux
du Roi l'*Aventure* et *la Résolution* en 1772, 1773, 1774 et
1775, écrite par Jacques Cook, traduit de l'anglais (par
M. Suard). *Paris,* 1778, 5 vol. in-8, portrait et cartes
et figures. — Troisième Voyage de Cook ou voyage à
l'Océan pacifique, traduit de l'anglais ; ouvrage enrichi
de cartes et de plans. *Paris,* 1785, 4 vol. — Relation des
Voyages entrepris pour faire des découvertes dans l'hémisphère méridional et successivement exécutés par le
commodore Byron, le capitaine Carteret, le capitaine
Wallis et le capitaine Cook, rédigée d'après les papiers de
M. Banks par J. Harry Hesworth, traduite de l'anglais.
Paris, 1774, 4 vol. Ens. 14 vol. in-4, v. antiq. marb.,
fil., tr. marb.

334 — LE VOYAGE DE FRANCE, dressé pour l'instruction et
commodité tant des François que des estrangers. Seconde
édition. *Paris, chez Olivier de Varennes,* 1641. In-8,
vélin (*armes de Choiseul*).

> Transpositions. — Les 16 premières pages de la *Description de la
> France* ont été mises à la place des 16 premières pages du *Voyage de
> France.*

335 — VOYAGES PITTORESQUES ET ROMANTIQUES dans l'ancienne France, par MM. Ch. Nodier, J. Taylor et Alph.

de Cailleux (Languedoc : comprenant le Haut et Bas
Languedoc, le Roussillon, le Quercy et le Vivarais). *Paris,
Firmin Didot fr.*, 1833, 2 vol. en 4 parties formant 4 vol.
gr. in-fol. demi-rel. maroq. viol. n. rog. (*texte et planches lithogr. la plupart sur chine*).

Bel exemplaire.

336 — Excursion sur les côtes et dans les ports de Normandie. *Paris, s. l., de l'imprimerie de Jules Didot*,
gr. in-fol., planches gravées sur chine, demi-rel. v.
rouge.

337 — Voyage pittoresque des environs de Paris, ou description des maisons royales, châteaux et autres lieux de
plaisance, situés à quinze lieues aux environs de cette
ville, par M. D*** (d'Argenville fils). *Paris, chez De-
bure l'aîné*, 1779, in-12, front., v. ant. marb., tr. r.

338 — Voyage pittoresque ou description des royaumes
de Naples et de Sicile, contenant un précis historique de
leurs révolutions, les cartes, plans et vues du royaume et
de la ville de Naples, ses palais, ses églises, ses tombeaux,
etc. *Paris*, 1781, 5 vol. gr. in-fol. v. antiq. marbr.

339 — Rome, Naples et Florence en 1877, par M. de
Stendhal. *Paris, Delaunay et Pélissier*, 1817, in-8, dem.-
rel. bas, tr. marb.

Première édition.

340 — Voyage pittoresque des isles de Sicile, de Malte et
de Lipari, ou l'on traite des antiquités qui s'y trouvent
encore, des principaux phénomènes que la nature y offre,

du costume des habitants et de quelques usages, par Jean
Houel, peintre du roi. *Paris, de l'imprimerie de
Monsieur*, 1782, 4 vol. grand in-fol. maroq. rouge, dos
orné, fil., tr. dor. (*Aux armes de Choiseul*).

Planches à la sépia.

341 — Voyage pittoresque en Corse. Grand in-fol., demi-
rel., v. rouge, texte et planches.

342 — Voyage pittoresque et historique de l'Istrie et Dal-
matie. *Paris*, 1802, in-fol., planches dessinées par Cassas
et gravées à l'eau-forte, d.-rel., v. rouge.

343 — Voyage pittoresque de Constantinople et des rives
du Bosphore d'après les dessins de M. Melling, architecte
de l'empereur Selim III, publié par MM. Treuttel et
Wurtz. *Paris*, 1819, grand in-fol., d.-rel., v. rouge.

344 — Voyage pittoresque de la Grèce (par Choiseul-
Gouffier). *Paris, Tilliard, graveur*, 1782-1820, et *Blaise
aîné*, 1824, 2 parties en 3 vol. in-fol., d.-rel., maroq. r.,
avec coins, dos à comp., n. rog.

345 — Voyage pittoresque de la Grèce (par Choiseul-
Gouffier). *Paris, Tilliard, graveur*, 1782, gr. in-fol.,
tome 1er, maroq. rouge, fil., tr. dor. (*anc. rel.*).

346 — La Grèce. Vues pittoresques et topographiques,
dessinées par O. M. baron de Stackelberg. *Paris*, 1834,
in-fol., d.-rel., maroq. bleu.

347 — Ambassades mémorables de la Compagnie des
Indes Orientales des Provinces-Unies vers les empereurs

du Japon, contenant plusieurs choses remarquables arrivées pendant le voyage des ambassadeurs, etc. Le tout enrichi de figures. *Amsterdam*, 1680, in-fol., maroq. r., large dent. sur les plats, dos fleurdelisé avec initiales couronnées aux armes de Louis XIV (anc. reliure).

348 — COLLECTION de voyages aux Indes Orientales, par Fr. Valentin (en hollandais). *Dordrecht et Amsterdam*, 1724-26, 5 tomes en 8 vol. in-fol., vél. blanc de Holl.

> Collection fort curieuse.

349 — CORRESPONDANCE DE VICTOR JACQUEMONT avec sa famille et plusieurs de ses amis, pendant son voyage dans l'Inde, 1828-1832. *Paris, Fournier*, 1833, 2 vol. in-8, carte, v. viol., fil., tr. marb.

> Première édition.

350 — VOYAGE DANS LA BASSE ET LA HAUTE ÉGYPTE pendant les campagnes du général Bonaparte, par Vivant Denon. *Paris, de l'imprimerie de P. Didot l'aîné*, 1802, 2 vol. grand in-fol., 1 de texte et 1 de planches, d.-rel. v. r.

351 — VOYAGE AU MAROC, au fleuve Blanc, au delà de Fazoql, dans le midi du royaume de Senar, à Syouah et dans cinq autres oasis, fait dans les années 1819-20-21 et 1822, par M. Frédéric Caillaud de Nantes. *Paris, de l'imp. de Rignoux*, 1823, 2 parties en 1 vol. gr. in-fol., demi-rel. bas.

352 — VOYAGE DE HUMBOLDT ET BONPLAND, première partie, relation historique, atlas pittoresque. *Paris, F. Schoell*, 1810, 2 parties en 1 vol. gr. in-fol.

353 — Mémoire sur la découverte des terres australes situées au couchant du cap Horn, du Chili et du Pérou. Depuis les cinquante-sept degrés de latitudes méridionales, en baissant jusqu'au tropique du Capricorne, même jusqu'à l'Equateur,... par le sieur Mac-Laughin. *S. l.*, 1767, 2 parties en 1 vol. in-4, mar. citron, doublé de tabis rouge, dos orné, large dent., tr. dor. (*armes de Choiseul*).

> Manuscrit sur papier, d'une très-belle écriture, composé de 3 ff. non chiffrés pour le titre et l'épître dédicatoire, 38 ff. chiffrés pour la première partie et 22 ff. chiffrés pour la seconde partie. Chaque f. est entouré d'un encadrement rouge et or. Ce beau manuscrit est adressé « A Monseigneur de Choiseul, duc de Praslin, pair de France, ministre d'Etat et de la Marine, etc. », et l'épître porte la signature autographe de l'auteur.

354 — Discours sur l'histoire universelle, par M. Bossuet. *Paris, de l'imp. Didot l'aîné*, 1784, in-4, mar. rouge, dos orné, dent. à comp., doublé de satin bleu, tr. dor.

> De la collection des auteurs classiques français et latins, imprimé pour l'éducation de monseigneur le Dauphin.

355 — Histoire des sectes religieuses qui, depuis le commencement du siècle dernier jusqu'à l'époque actuelle, sont nées, se sont modifiées, se sont éteintes dans les quatre parties du monde, par M. Grégoire. *Paris, Potey*, 1814, 2 vol. in-8, d.-rel., mar. bleu, dos orné, fil., non rog.

356 — L'ESTAT DE L'ÉGLISE, avec le discours des temps, depuis les apostres, sous Néron, iusques à présent, sous Charles V. Contenant en bref les histoires tant anciennes que nouuelles : celles spécialement qui côcernent l'empire et le siége romain, la vie et décrets des papes, les conciles, etc., par Jean Hainault. Troisième

édition. *S. l.*, 1558, in-8, mar. r., fil., à comp., tr. dor.
(*reliure molle ancienne*).

357 — Cérémonies et coutumes religieuses de tous les peuples du monde représentées par des figures dessinées de la main de Bernard Picart avec une explication historique et quelques dissertations curieuses. *Amsterdam*, 1739, 5 vol. in-fol., d.-rel., bas.

358 — Histoire des papes depuis saint Pierre jusqu'à Benoît XIII, par Bruys. *La Haye, Henry Scheurlier*, 1732, 5 vol. in-4, v. ant., marb., fil., tr. dor. (*aux armes de Choiseul*).

359 — La France chretienne ou estat des archevêchez et evêchez de France; leur scituation, leur distance de Paris, le nom des cathedralles, et de leurs premiers évêques, etc... *Paris, chez J. Chevillard*, 1693, in-4, fig. de blasons et texte gravé, v. ant.

360 — Histoire de l'abbaye royale de Saint-Denis en France. Contenant la vie des abbez qui l'ont gouvernée, les hommes illustres qu'elle a donnez à l'Eglise et à l'État, etc., par Dom Michel Félibien, religieux bénédictin de la congrégation de Saint-Maur. *Paris*, 1706, in-fol., v. br.

361 — Cérémonial des religieuses réformées de l'ordre de Saincte-Claire à Verdun... *Verdun par Jean Wappy,*

1618, 2 vol. in-8, mar. vert foncé, dent. int., tr. dor. (*Cape*).

Exemplaire aux armes de Choiseul. — Court de marges.

362 — LA VIE de la vénérable mère Marguerite-Marie, religieuse de la Visitation-Sainte-Marie du monastère de Paray-le-Monial en Charolais, morte en odeur de sainteté en 1690, par monseigneur Jean-Joseph Languet. *Paris, chez la veuve Mazières, et Jean Baptiste Garnier*, 1729, in-4, front., v. ant., tr. r.

363 — HISTOIRE des chevaliers hospitaliers de Saint-Jean de Jerusalem, appelez depuis chevaliers de Rhodes, et aujourd'hui chevaliers de Malthe, par l'abbé de Vertot. *Amsterdam, chez les Wetstein et Smith*, 1732, 4 vol. in-12, front., portrait et cartes, v. f. ant., dos orné, tr. r.

Exemplaire aux armes de Camus de Pontcarré.

364 — STATUTA HOSPITALIS HIERUSALEMIS. *S. l. n. d.*, infol., grav., vél.

Feuillets remontés et mouillures.

365 — HISTOIRE DE PIERRE D'AUBUSSON, grandmaître de Rhodes, par le P. Bouhours. *Paris, chez Sebastien Mabre-Cramoisy*, 1676, in-4, front. et portrait, mar. r. à comp. de mar. vert, large dent., tr. dor. au pointillé.

Superbe reliure à petits fers au pointillé, dorures de *Le Gascon*. — Exemplaire aux armes de *Fouquet*.

366 — LES VIES DES SAINTS composées sur ce qui nous est resté de plus authentique et de plus assuré dans leur histoire, disposées selon l'ordre des calendriers et des martyrologes, avec l'histoire de leur culte selon qu'il est

établi dans l'église catholique et l'histoire des autres fêtes de l'année. *Paris, chez Jean de Nully*, 1704, 4 vol. in-fol., v. br. (*aux armes de Choiseul*).

367 — LE TEMPLE DES MUSES, orné de LX tableaux où sont représentés les evenemens les plus remarquables de l'antiquité fabuleuse, dessinés et gravés par B. Picart le Romain et autres habiles maîtres et accompagnés d'explications et de remarques. *Amsterdam*, 1733, gr. in-fol., v. brun.

368 — LE TEMPLE DES MUSES, orné de LX tableaux où sont représentés les événements les plus remarquables de l'antiquité fabuleuse, dessinés et gravés par B. Picart le Romain. *Amsterdam, 1742*, in-fol., v. f. antiq.

369 — HOC IN VOLUMINE hæc continentur. Sallustii opera, etc. *Impressum Taurini*, 1494, *per Nicol. de Benedictis*, in-fol., v. compartiments dorés. (Reliure du xve siècle.)

370 — C. JULII CÆSARIS quæ exstant *Londini Tonson.* 1712, in-fol., maroquin vert, fil., tr. dor. (*aux armes de Choiseul*).

Bel exemplaire en ancienne reliure, avec la planche du taureau.

371 — LA GUERRE DES SUISSES, traduite du premier livre des Commentaires de Jules Cesar, par Louys XIV Dieu-Donné, Roy de France et de Navarre. *Paris, de l Imprimerie royale*, 1651, in-fol., maroq. rouge, à compart. fleurdelisé, doublé de maroq. rouge à comp., tr. dor. (*aux armes de Choiseul*).

372 — C. CORNELIVS TACITVS ex J. Lipsii accuratissima

editione. *Lugduni Batavorvm ex officina Elzeviriana*, 1634, in-12, front. et grav., mar. r., dos orné, large dent., à comp., tr. dor. (*armes de Choiseul*).

Exemplaire court de marges.

373 — HISTORIA AUGUSTA imperatorum romanorum. *Amstelædami*, 1707, in-fol., maroq. rouge, fil., tr. dor. (*anc. reliure*).

Exemplaire réglé, portraits gravés en médaillons.

374 — ÉTUDES sur l'histoire romaine, par Prosper Mérimée. *Paris, Victor Magen*, 1844, 2 vol. in-8, bas. verte, tr. marb.

Première édition.

375 — HISTOIRE DES EMPEREURS et des autres princes qui ont régné durant les six premiers siècles de l'église, de leurs guerres contre les juifs, etc., justifié par les citations des auteurs originaux, par M. Lenain de Tillemont. *Paris*, 1700, 5 vol. in-4, v. antiq.

Le tome 6ᵉ manque; on trouve rarement l'ouvrage complet.

376 — HISTOIRE DE THEODOSE LE GRAND, pour monseigneur le Dauphin, par M. Fléchier. *Paris, chez Sebastien Mabre-Cramoisy*, 1679, in-4, v. ant. (*armes de Choiseul*).

Édition originale.

377 — COMPENDIO dell' historie di monsignor Paolo Giovio, de Como, vescovo di Nocera, fatto per M. Vincentio. *Vinegia appresso Gabriel Giolito*, 1562, in-8, v. ant. marb., dos orné, fil., tr. marb.

Exemplaire court de marges. Armes sur les plats.

378 — Œuvres complètes de W. Robertson, précédée d'une notice par S. A. C. Buchon. *Paris, Desrez,* 1836, 2 vol. in-4, demi-rel., v. r., tr. marb.

379 — De l'influence des Croisades sur l'état des peuples de l'Europe, par Maxime de Choiseul-Daillecourt. *Paris, chez Tilliard,* 1809, in-8, v. bleu, dos orné, dent. à froid., tr. marb.

HISTOIRE DE FRANCE

HISTOIRE ÉTRANGÈRE

380 — Dictionnaire géographique, historique et politique des Gaules et de la France par l'abbé Expilly. *Avignon et se trouve à Paris,* 1763, 6 vol. in-fol., v. fauve, ant. fil.

381 — Les Plans et profils de toutes les principales villes et lieux considérables de France ; ensemble, les cartes generales de chacune prouince... par le s^r Tassin. *Paris, chez Melchior Tavernier,* 1636, 2 vol. in-4 obl., cartes et plans, v. ant.

Mouillures et taches de rousseur au tome I.

382 — Nouvelles vues perspectives des ports de France, dessinées pour le Roi, par M. Ozanne, ingénieur de la marine, gravées par Y. Le Gouaz. *Paris,* 1776, gr. in-fol., demi-rel., v. rouge.

383 — RECUEIL DE MARINES ET DE VAISSEAUX. *Paris, Chereau,* 1754, gr. in-fol., maroq. r., large dent., tr. dor. (*Reliure signée de Padeloup.*)

Environ 200 planches dont une partie remontées, figures d'Ozanne, Chéron, Lebas. — Vues des ports de France et d'Angleterre, recueil factice dont le titre est manuscrit.

384 — LA FRANCE MÉTALLIQUE, contenant les actions célèbres, tant publiques que privées, des rois et des reines remarquées en leurs médailles d'or, d'argent et de bronze, tirées des plus curieux cabinets, par Jacques de Bie, chalcographe. *Paris,* 1534, 2 part. en 1 vol., in-fol., maroq. vert à comp., tr. dor.

Reliure ancienne très-fatiguée.

385 — L'EMPIRE FRANÇOIS, ou l'Histoire des conquestes des royaumes et provinces dont il est composé, par Laurens Turquoys. *Orléans,* 1651, in-fol., v. br.

Le haut du titre coupé.

386 — LA REGENCE DES REYNES en France, ou les regentes, par Robert Luyth. *Paris, chez Jean Hénaut,* 1649, in-4 vélin.

387 — HISTOIRE DES FAVORITES, contenant ce qui s'est passé de plus remarquable sous plusieurs règnes, par mademoiselle D... (de La Roche-Guilhem). *Amsterdam, chez Paul Marret,* 1697, 2 parties en 1 vol. in-12, front. et 10 portraits, mar. citron, dos orné, fil., dent. int., tr. dor. (*Niédrée*).

Exemplaire lavé. Aux armes de Choiseul.

388 — MÉMOIRES pour servir à l'histoire de la société polie

en France, par P. L. Rœderer. *Paris, F. Didot frères,* 1835, in-8, demi-rel., bas. r., tr. marb.

Ouvrage tiré à très-petit nombre. — Envoi non signé de l'auteur à M. le duc de Praslin.

389 — AQUILA inter lilia, Francorum Cæsarum a Carolo Magno usque ad Conradum imperatorem historia, auctore Ioanne Palatio. *Venetiis,* 1671, in-fol., v. brun.

390 — INSTRUCTIONS DE SAINT LOUIS, roi de France, à sa famille royale, aux personnes de sa cour et autres, extraites du recueil des historiens contemporains de sa vie... par M. l'abbé de Villiers. *Paris, chez A. M. Lottin l'aîné,* 1766, in-12, grav., mar. r., dos orné, fil., ornements sur les plats, tr. dor. (*Rel. anc.*).

391 — HISTORIA delle guerre civili di Francia, di Henrico Caterino Davila : nella quale si contengono le operationi di quattro re Francesce II, Carlo IX, Henrico III et Henrico IV, cognominato il Grande. *In Parigi,* 1644, 2 vol. in-fol., mar. rouge à comp., fil., tr. dor. (ancienne reliure aux armes de Choiseul).

392 — RECUEIL de diverses pièces, servans à l'histoire de Henry III, roy de France et de Pologne. *Cologne, chez Pierre du Marteau,* 1662, in-12, v. ant.

Exemplaire taché et fatigué. — Grand de marges, nombreux témoins.

393 — LES NÉGOCIATIONS de Monsieur le président Jeannin. *Jouxte la copie de Paris, chez Pierre Le Petit,* 1659, 2 vol. in-12, mar. vert, fil., dent. int., tr. dor. (*Kochler*).

Bel exemplaire, aux armes de Choiseul.

394 — Description historique et chronologique des papiers contenus dans le dépôt de la marine et des campagnes sur mer, de 1610 jusqu'en 1750. *S. d.*, in-fol.,
mar. r., fil., tr. dor., larges dentelles. (Aux armes du
duc de Choiseul.)

Superbe reliure de Pasdeloup.

395 — **HISTOIRE NAVALE.** 1610-1690 (tome Ier), in-
folio maroquin rouge, filets, large dentelle, tr. dorée.
(Aux armes de Choiseul.)

Très-beau manuscrit. Superbe reliure de Pasdeloup.

396 — Histoire de Louis XIII, roi de France et de Navarre,
contenant les choses les plus remarquables arrivées en
France et en Europe, depuis la révolution de Catalogne
jusqu'à la cérémonie de la Bannière royale d'Angleterre,
à Rottingham, par Michel Le Vassor. *Amsterdam*, 1757,
7 vol. in-4, v. antiq., marb., fil. (*aux armes de la duchesse de Boufflers, maréchale de Luxembourg*).

Le tome VIe en deux parties.

397 — Les Triomphes de Louis le Juste XIIIe du nom,
Roy de France et de Navarre, contenant les plus grandes
actions de Sa Majesté, avec les portraits des rois, princes
et généraux d'armes ; ensemble, le plan des villes, siéges
et batailles, avec un abrégé de la vie de ce grand monarque, par René Barry, etc. *Paris, en l'imprimerie
royale, par Antoine Estienne*, 1649, in-fol., v. antiq.

398 — Mémoires de Monsieur L... (Lenet), conseiller
d'État, contenant l'histoire des guerres civiles des années 1649 et suivantes... *S. l.*, 1729, 2 vol. pet. in-8,
v. ant. marb., dos orné, tr. r.

399 — MÉMOIRES DE MONSIEUR L'ABBÉ DE MONTGON, publiez par lui-même. *S. l.*, 1748, 3 vol. in-12, portraits, v. f. ant., dos orné. tr. r. (Armes de Choiseul.)

400 — MÉMOIRES DE MONSIEUR DE MONTRESOR. Diverses pièces durant le ministère du cardinal de Richelieu. — Relation de Monsieur de Fontrailles.... *Cologne, chez Jean Sambix le jeune (à la Sphère)*, 1664, in-12, v. ant.

Petite piqûre de vers. Reliure très-fatiguée.

401 — TROIS PIÈCES diverses et détachées.

Les prosperitez des armes du Roy et de celles de Son Altesse de Sauoye en Italie, sous la conduite de Monseigneur le Connestable. *A Paris, de l'imprimerie de Claude Hulpeau*, 1625, in-8, 15 p. — Lettres de Monseigneur le duc de Mayenne.... enuoyées à M. le Seneschal de Lyon.., pour choisir et eslire deputez. *A Lyon, par Jean Pillehotte*, 1590. In-8, 14 p. — La vie et la mort du vicomte de Turenne. *Achevé d'imprimer sur la copie imprimée à Paris, le 3 novembre 1675.* In-4, 18 p.

402 — PROCÈS DE M. FOUQUET, *S. l.* (*à la Sphère*), 1665 à 1666, 15 vol. in-12, v. ant. marb.

403 — FOUQUET. Recueil d'environ 300 pièces imprimées et manuscrites sur les affaires du temps de 1661 à 1663, en 3 vol. in-4.

Recueil extrêmement curieux qui parait avoir été formé par le président Ferrand, conseiller du Roy en ses conseils, baron de Courgy, dont on trouve l'adresse sur plusieurs pièces.

404 — EDIT D'UNION, reglemens et privilege des secretaires du Roy. *Paris, chez Pierre Le Petit*, 1672, in-12, mar. r., dos et plats fleurdelisés, dent., tr. dor. (*Rel. anc.*)

405 — GUERRE DE HOLLANDE, 1677, *S. l. n. d.* 3 vol. infol., v. f. ant., dos orné, tr. marb.

Manuscrit sur papier d'une bonne écriture; c'est un recueil de lettres, instructions et autres pièces historiques relatives aux événements des premiers mois de l'année 1677 en Hollande.

406 — Mémoires de la minorité de Louis XIV, (par La Rochefoucauld). Corrigez sur trois copies differentes.... *Villefranche, chez Jean et Paul (à la Sphère)*, 1690, in-12, v. ant. gran., dos orné, tr. dor. (*Armes de Choiseul.*)

407 — Le Sacre et covronnement de Lovys XIV roy de France et de Navarre, dans l'église de Reims, le septième juin 1654. *Reims, chez la veuve François Bernard,* 1654, in-8, v. ant., fil. à comp., fleurs de lis sur le dos et sur les plats.

408 — Le Sacre et couronnement de Louis XIV, roy de France et de Navarre dans l'église de Reims, le septième Juin 1654. *Paris, chez Jean-Michel Garnier,* 1720, — Traité historique et chronologique du sacre et couronnement des rois et des reines de France ; depuis Clovis Ier jusqu'à présent et de tous les princes souverains de l'Europe... par M. Menin. *Paris, chez Bauche,* 1723, 2 tomes en 1 vol. in-12, front., v. ant., dos orné.

409 — Traitté de paix entre les couronnes de France et d'Espagne avec le contrat de mariage du roy très-chretien et de la sereinssime Infante fille aînée du roy catholique. *Paris de l'imprimerie royale,* 1660, pet. in-fol., v. antiq.

410 — Les Devoirs fvnebres rendvs à la memoire de madame Royale..... espouse de Victor Amé, le 19 mars 1664, et de madame la duchesse royale Françoise de Valois, espouse de S. A. R. Charles Emmanuel II, le 21 du mesme mois. *S. l. d. n.,* 2 ff. non chiffrés. — Les Larmes de l'amour et de la maiesté au deces de madame la

duchesse de Savoye... dans l'année de son mariage avec
S. A. R. Charles Emmanuel II. *S. l. n. d.* 19 p. 2 pièces
en 1 vol. in-4, cart.

La seconde pièce porte à la fin la signature du P. Menestrier.

411 — MÉDAILLES sur les principaux événements du règne
de Louis le Grand. *Paris, impr. roy.*, 1772, in-fol., figures, v.

Aux armes de France.

412 — MÉDAILLES sur les principaux événements du règne
entier de Louis le Grand, avec des explications historiques.
Paris, imp. roy., 1723, in-fol., mar. r., fil., tr. dor.

Aux armes de France.

413 — MERCURE GALANT. Volumes divers : le Siége de Tou-
lon, Histoire de Soliman, Mahomet dépossédé, Campagne
de M. le Dauphin, etc, etc. *Paris, chez Michel Brunet,*
17 vol. pet. in-12, v. ant.

414 — JOURNAL DE LA CAMPAGNE DE PIEMONT, sous le com-
mandement de M. de Catinat, par M. Moreau de Brasey.
Paris chez Jean-Baptiste Langlois, 1691, in-12. v. ant.

415 — LE PASSE-TEMPS ROYAL de Versailles ou les amours
secrettes de madame de Maintenon, sur de nouveaux
mémoires très-curieux. *Cologne, chez Pierre Marteau,*
1695, in-12, frontisp., mar. bleu, dent. int., tr. dor.
(*Duru.*)

Bel exemplaire, aux armes du marquis de Coislin.

416 — MÉMOIRES HISTORIQUES sur les négociations entre la
France et l'Espagne (1718 à 1763). 14 vol. in-fol., v.

Copie manuscrite d'un immense travail renfermant beaucoup de documents originaux.

417 — ALMANACHS DIVERS. *Paris*, 1781 à 1792, 13 vol. in-16, mar. r., doublé de tabis, tr. dor. (*Rel. anc.*)

Ces almanachs sont : Almanach royal. — Calendrier de la cour. — Etrennes nationales. etc., séparément ou réunis dans un seul volume. — Trois années d'un de ces almanachs sont en double. — L'Almanach royal et le Calendrier de la cour de 1788 ont des feuillets déchirés. — L'Almanach royal de 1781 est seul en mar. vert.

418 — MÉMOIRES DE LA RÉGENCE DE S. A. R. Mᵍʳ LE DUC D'ORLÉANS, durant la minorité de Louis XV, roi de France (par le chevalier de Piossens). *Amsterdam, chez Zacharie Chatelain*, 1729, 3 vol. in-12, portraits, v. f. ant., dos orné, tr. r.

419 — LE SACRE DE LOUIS XV, roy de France et de Navarre, dans l'église de Reims, le dimanche xxv octobre MDCCXXII. *s. l. n. d.* gr. in-fol., texte et planches gravées, v. antiq. marb., dos et dent., fleurdelysé, avec initiales couronnées, tr. dor.

Aux armes du Roi.

420 — LE SACRE DE LOUIS XV roy de France et de Navarre, dans l'église de Reims, le dimanche xxv octobre MDCCXXII. *S. l. n. d.* gr., in-fol., texte et planches gravées, maroq. vert, dos fleurdelisé aux initiales couronnées, large dent. à comp. avec les armes du roi sur les plats, anc. reliure.

La planche du festin du Roi est cassée dans le milieu.

421 — LES FASTES DE LOUIS XV, de ses ministres, maîtresses, généraux et autres notables personnages de son règne (par Bouffonidor). *Ville-Franche, chez la veuve Liberté*, 1782, 2 vol. in-12, nombreux portraits ajoutés, mar. vert, dos orné, trois fil., dent. int., tr. dor. (*David*).

Bel exemplaire, aux armes de Choiseul.

422 — HISTOIRE DES CONQUÊTES DE LOUIS XV, tant en Flandre que sur le Rhin, en Allemagne et en Italie depuis 1744 jusqu'à la paix conclue en 1748, ouvrage enrichi d'estampes representant les siéges et batailles, et de plans des principales villes assiégées et conquises. *Paris*, 1759, in-fol, v. ant. marbr.

423 — MÉMOIRE HISTORIQUE sur la négociation de la France et de l'Angleterre, depuis le 26 mars 1761 jusqu'au 20 septembre de la même année, avec les pièces justificatives. *Paris, de l'imprimerie royale*, 1761, in-8, mar. r., dos orné, fil., tr. dor. (*Armes de Choiseul*).

Bel exemplaire en papier de Hollande. On remarque sur le dos deux L entrelacées, surmontées d'une couronne royale, ce qui ferait supposer que cet exemplaire a appartenu à Louis XV.

424 — LE COMTE DE CLERMONT, sa cour et ses maîtresses, lettres familières, recherches et documents inédits publiés par Jules Cousin. *Paris, Académie des bibliophiles*, 1867, 2 vol. in-12, gravures, br. couverture en vél.

Ouvrage tiré à 412 exemplaires numérotés. — Papier de Hollande, n. 129.

425 — LETTRES, MÉMOIRES et négociations particulières du chevalier d'Eon.... avec MM. les ducs de Praslin, de Nivernois, de Sainte-Foy, et Regnier de Guerchy. *Londres, chez Jacques Dixwell*, 1764, in-8, v. ant., fil., tr. marbr.

426 — CORRESPONDANCE de S. Exc. le comte de Choiseul, ambassadeur de France à Vienne, avec la cour, 1759-1761. 6 vol. in-fol., v. mar.

Copie manuscrite.

427 — DESCRIPTION de l'isle du mariage, ou le vrai tableau du siècle présent, par M. l'abbé D***. *Paris, écrit chez l'auteur*, 1759.

Manuscrit petit in-4, de 8 ff. non chiffrés pour le titre, l'avertissement et la préface et 125 p. numérotées. Chaque page est entourée d'encadrements à l'encre rouge. Dessins et fleurons faits à la main.

428 — RÉPONSE DE MONSIEUR DE SAINFOIX au R. P. Griffet et recueil de tout ce qui a été écrit sur le prisonnier masqué. *Londres, et se trouve à Paris, chez Vente*, 1770, in-12, v. ant. porph., dos orné, fil., tr. dor. (*Armes de Choiseul*.)

429 — ORDONNANCES MILITAIRES. *Metz, chez Collignon*, 1762 à 1781, 18 vol. in-12, cart.

430 — SACRE ET COURONNEMENT DE LOUIS XVI, roi de France et de Navarre, à Reims, le 11 juin 1775, précédé de recherches sur le sacre des rois de France depuis Clovis jusqu'à Louis XV, enrichi d'un très-grand nombre de figures en taille douce gravées par le sieur Patas. *Paris*, 1775, in-4, maroq. citron, dos et coins fleurdelisés (*Aux armes du Roi*), ancienne reliure.

431 — ÉTAT MILITAIRE DE FRANCE. Années 1777, 1779, 1780, 1781, 1783, 1784, 1786, 1787, 1790, par M. de Roussel. *Paris, Onfroy,* 1777 à 1790, 9 vol. in-18, 5 vol. v. ant. et 3 vol. br.

432 — MÉMORIAL DE LA COUR, contenant les differens événemens et morts. Dressé par Desaint Lepage. Années 1771, 72, 75 à 77. *S. l.,* 5 vol. in-16, mar. r., dos orné. dent., tr. dor. (rel. molle).

Tous ces petits volumes sont aux armes de Louis XVI.

433 — Livret contenant les noms et services de MM. les officiers du régiment d'infanterie de Lorraine, existans au corps à l'époque du 1er juin 1788. *S. l, n. d.*, in-16, mar. f., ornements sur les plats.

> Manuscrit d'une bonne écriture du dix-huitième siècle. — Ce petit recueil de 4 ff. non chiffrés pour le titre et la table et 110 p. numérotées, contient le nom, le lieu de naissance, les états de service, etc., de 91 officiers. Chaque page a un encadrement à la plume et renferme les états de service d'un officier. Les 18 dernières pages sont en blanc.

434 — Mémoires de M. le duc de Choiseul, écrits par lui-même. *Chanteloup, et à Paris, chez Buisson*, 1790, 2 vol. in-8, bas. rac., tr. marb.

435 — Relation du départ de Louis XVI, le 20 juin 1791, ... par M. le duc de Choiseul. *Paris, Baudouin frères*, 1822, in-8, d.-rel. v. brun.

436 — Procès-verbal de l'Assemblée des communes et de l'Assemblée nationale, imprimé par son ordre. *Paris, chez Baudouin, s. d.* 77 vol. in-8, v. f. ant., tr. jaune.

437 — Un épisode du temps de la Terreur, par Mlle de Pons. *Paris, Vaton*, 1857, pet. in-8, portrait, cart. toile noire.

> Envoi signé de madame la duchesse Des Cars, fille de l'auteur, à madame la duchesse de Praslin.

438 — Cartes des champs de batailles de la 1re République et de l'Empire, grand in-fol., d.-rel. maroq. viol.

439 — Cartes et plans des campagnes de l'empereur Napoléon pendant les années 1805-6-7 et 1809, gr. in-fol. d.-rel., maroq. viol.

440 — Mémoires de M. de Bourrienne, ministre d'État, sur

Napoléon, le Directoire, le Consulat, l'Empire et la Restauration. *Paris, chez Ladvocat*, 1829, 8 vol. in-8, d.-rel., v. bleu f.

Il manque les tomes IX et X.

441 — Vie politique et militaire de Napoléon, par A. V. Arnault, ouvrage orné de planches lithographiées, gr. in-fol. d.-rel. v. antiq.

442 — Quinze ans d'exil dans les États romains, pendant la proscription de Lucien Bonaparte, par M. le comte de Chatillon. *Paris, Berquet et Pétion*, 1842, 2 vol. in-8, gravures, mar. bleu, dos orné et ornem. sur les plats, tr. dor.

Envoi autographe signé de l'auteur, à M. le maréchal comte Sebastiani. Un chiffre sur les plats. — Taches de rousseur.

443 — Mon journal. Événements de 1815, par Louis-Philippe d'Orléans, ex-roi des Français. *Paris, Michel Lévy frères*, 1849, 2 vol. in-12, chag., fil. à comp., tr. dor.

444 — Marie-Amélie de Bourbon. Notes historiques et biographiques, accompagnées de neuf autographes. *Paris, Librairie centrale*, 1868. In-8, portraits sur chine, br. en vél.

Exemplaire en grand papier de Hollande.

445 — Le Cérémonial français, contenant les cérémonies observées en France aux mariages et festins, naissances et baptêmes, etc., recueilly par Théodore Godefroy, conseilleur du Roy, et mis en lumière par Denys Godefroy, advocat en Parlement. *Paris*, 1649, 2 vol. in-fol., v. antiq.

446 — **LE CÉRÉMONIAL DE FRANCE** en abrégé pour le corps diplomatique. *S. l.*, 1763. In-4, mar. r., doublé de tabis bleu, dos fleurdelisé, large dent., tr. dor. (*Rel. anc.*)

> Manuscrit sur papier d'une très-jolie écriture du XVIII siècle. — Voici comment ce manuscrit est divisé, 6 ff. blancs, 1 ff. pour le titre. 2 ff. blancs, 4 ff. non chiffrés pour la préface, 225 pages numérotées de texte. 5 ff. non chiffrés pour la table et 5 ff. blancs. — L'ouvrage est divisé en 13 chapitres. Chaque page a un encadrement vert et jaune. *Riche reliure aux armes de Louis XV.*

447 — TRAITÉ de la majorité de nos rois, et des regences du royavme. Avec les prevves tirées tant du tresor des chartes du Roy que des registres du Parlement, et autres lieux..... par Monsieur Dvpvy. *Paris, chez la veuve Mathvrin du Pvis*, 1655. In-4, mar. bleu jans., dent. int., tr. dor. (*Petit, successeur de Simier.*)

> Bel exemplaire aux armes de Choiseul.

448 — TRAICTÉ de la loy saliqve, armes, blasons, et deuises des François, retirez des anciennes chartres (*sic*), pancharte, chroniques et annales de France, par C. Malingre. *Paris, chez Claude Collet*, 1614. In-8, fig., v. ant. marb., dos orné, fil., dent. int., tr. dor. (*Armes de Choiseul.*)

> Ouvrage rare.

449 — HISTOIRE DE LA VILLE DE PARIS composée par D. Michel Félibien, revue, augmentée et mise au jour par D. Guy Alexis Lobineau, justifiée par des preuves autentiques et enrichie de plans, de figures et d'une carte topographique. *Paris, chez Guill. Desprez et Jean Desessartz*, 1725. 5 tomes en 2 vol. in-fol., v. antiq. marb.

450 — DICTIONNAIRE historique de la ville de Paris et de ses

environs, par MM. Hurtaut et Magny. *Paris, chez Moutard*, 1779. 4 vol. in-8, plan et carte, v. f. ant. marb., tr. r.

451 — Tableau de Paris (par Mercier). *Londres et à Amsterdam*, 1781 à 1783. 8 tomes en 4 vol. in-8, v. ant., fil.

Légères mouillures.

452 — Histoire de l'Université de Paris depuis son origine jusqu'en l'année 1761, par M. Crevier. *Paris, chez Desaint et Saillant*, 7 vol. in-12, mar. bleu foncé, dos orné, fil., tr. dor. (*Rel. anc.*)

Bel exemplaire.

453 — Description de l'église royale des Invalides. *Paris*, 1706, in-fol., v. ant. (*Aux armes de France.*)

Vignettes et planches.

454 — Almanach de Paris, contenant la demeure, les noms et qualités des personnes de condition, pour l'année 1781. *Paris, chez Lesclapart*. In-16, mar. vert, tr. dor. — Le même Almanach, pour l'année 1788. 1re partie. In-16, bas, tr. r.

455 — Le Géographe parisien, ou le conducteur chronologique et historique des rues de Paris; contenant : l'abrégé de la France, l'origine de Lutèce, la situation de Paris, etc..... (par Le Sage). *Paris, chez Valleyre, veuve Duchesne, etc.*, 1769. 2 vol. in-8 avec plans, mar. r., dos orné, dent., tr. rouge. (*Armes de Choiseul.*)

Bel exemplaire.

456 — Plan en perspective de la ville de Paris (plan Turgot). *Paris*, 1739, 20 planches gravées par Claude Lucas. Gr. in-fol., v. antiq., dent. à comp. fleurdelisé, tr. dor. (*Aux armes de la ville de Paris.*)

457 — Plan en perspective de la ville de Paris (plan Turgot). *Paris*, 1749. 20 planches gravées par Claude Lucas. Gr. in-fol., maroq. rouge, dos fleurdelysé, dent., tr. dor. (*Aux armes de la ville de Paris; anc. rel.*)

458 — BOUCHARDON. Études prises dans le bas peuple, ou les cris de Paris. *Paris, Fessard*, 1737, 5 suites de 12 planches chacune, mar., tr. dor. (Aux armes de Choiseul.)

Très-belles suites.

459 — Étrennes intéressantes des quatre parties du monde, pour l'année 1787. *Paris, chez Langlois.* In-16 avec cartes, cart.

460 — Galerie historique du palais de Versailles. *Paris, imprimerie royale*, 1839 à 1846. 9 vol. in-8 br.

Le tome VI est en deux parties, et contient des fig. de blason.

461 — Histoire de Melvn, contenant plvsievrs raretez notables, et non descouuertes en l'histoire generale de France. Plvs la vie de Bovrchard... ensemble la vie de messire Jacqves Amyot.... le tout recueilly par M. Sebastien Rovilliard. *Paris, chez Jean Grignard*, 1628. In-4, portrait, bas.

Mouillures.

462 — Histoire de Melvn, contenant plvsievrs raretez no-

tables, et non descouuertes en l'histoire generale de
France..... par M. Sebastian Rovilliard. *Paris, chez
Jean Gvignard*, 1628. In-4, v. fant., tr. r.

Exemplaire court de marges.

463 — Mémoire sur la généralité de Soissons. Manuscrit
in-fol., d'une bonne écriture du siècle dernier, demi-rel.
bas.

464 — Acte de notoriété, donné par douze gentilshommes
de la province de Normandie, à M. M. Le Marchant de
Caligny, le 3 juin 1767. *Paris, de l'imprimerie de
Herissant père*, 1768. In-8, mar. r., dos orné, dent., tr.
dor. (*Armes de Choiseul-Stainville.*)

465 — Almanach ou calendrier du Maine pour l'an de
grâce 1789. *Au Mans, chez Charl. Monnoyer.* In-16,
cart., bas., tr. r.

Le plan de la ville du Mans, annoncé sur le titre, manque.

466 — Procés-verbal des séances de l'Assemblée provin-
ciale d'Anjou. *Angers, de l'imprimerie de Monsieur*,
1787. 2 parties en 1 vol. in-4, bas.

On a joint, à la fin de chacune des deux parties, des pièces manuscrites d'une bonne écriture, renfermant des discours et des lettres de
M. le duc de Praslin, président de cette assemblée.

467 — Histoire généalogique de plusieurs maisons illustres de Bretagne, par Augustin du Paz. *Paris, Nicolas
Buon*, 1619, in-fol., rel.

468 — Le Dessein de l'histoire de Reims, avec diverses
cvrievses remarques touchant l'establissement des peuples,

et la fondation des villes de France, par feu M. Nicolas
Bergier. *Reims, chez François Bernard*, 1635. Pet.
in-4, portrait et grav., v. ant.

469 — DE L'ORIGINE DES BOURGONGNONS et antiquité des
estats de Bourgongne, deux livres, plus des antiquitez
d'Autun, de Chalon, de Mascon, de l'abbaye et ville de
Tournier, par Pierre de Sainct Julien. *Paris, chez Nic.
Chesneau*, 1581. In-fol., mar. rouge, fil., dent. int., tr.
dor. (Reliure moderne.)

Aux armes de Choiseul.

470 — RERUM BURGUNDICARUM libri VI, auctore Delpo.
Antuerpiæ, 1584, in-fol., vélin

471 — HISTORICORUM BURGUNDIÆ conspectus. Ex bibliotheca
Philiberti de La Mare. *Divione, apud Johannem Ressayre*,
1689. In-4 parch.

472 — LE SIEGE DE LA VILLE DE DOLE, capitale de la Franche-
Comté, et son hevrevse delivrance, descrits par M. Jean
Boyvin. *Anvers, en l'imprimerie plantinienne de Bal-
thazar Moretvs*, 1638. — Relation de tovt ce qvi s'est passé
au siege et prise de Breme, par les armes du roy catholique
Philippe IV, sous la conduite du marquis de Leganez.
*Anvers, en l'imprimerie plantinienne de Balthazar
Moretes*, 1638. 2 parties en 1 vol. in-4, plan de Dôle,
vélin.

473 — HISTOIRE de la rebellion des Rochellois, et de leur
reduction à l'obeyssance du roy, tirée dv latin dv sieur de
Sainte-Marthe l'aisné, par J. Bavdoin. *Paris, chez
Jacqves Villery*, 1629. In-8 vélin.

474 — LE JOURNAL des choses les plus memorables qui se sont passées au dernier siege de la Rochelle, par Pierre Mervault. *Roven, chez Jacqves Lvcas,* 1671. In 12, vél.

Taches de rousseur et piqûres de vers.

475 — HISTOIRE GÉNÉRALE DU LANGUEDOC, avec des notes et les pièces justificatives, composée sur les auteurs et les titres originaux et enrichie de divers monuments, par deux religieux bénédictins de la Congrégation de Saint-Maur (Fr. Claude de Vic et Fr. Joseph Vaissette). *Paris, chez Jacq. Vincent,* 1730. 5 vol. in-fol., maroq. rouge, fil., tr. dor. (*anc. reliure*).

Aux armes de Choiseul.

476 — HISTOIRE GÉNÉRALE DU LANGUEDOC, avec des notes et les pièces justificatives, composée sur les auteurs et les titres originaux et enrichie de divers monuments, par deux religieux bénédictins de la Congrégation de Saint-Maur. *Paris, chez Jacq. Vincent,* 1730. 5 vol. in-fol., maroq. rouge, fil., tr. dor. (*anc. reliure*).

Armoiries.

477 — HISTOIRE DE LA VILLE D'AIX, capitale de la Provence, contenant tout ce qui s'y est passé de plus mémorable dans son état politique depuis sa fondation jusques en l'année 1665, recueillie des auteurs grecs, latins, françois, prouvençaux, espagnols, italiens, et surtout des chartres tirées des archives du Roy, de l'église de la maison de ville et des notaires, par Jean Scolastique Pitton, docteur en médecine. *Pix, par Ch. David,* 1666. In-fol., v. brun.

478 — MÉMOIRE concernant la forêt de Chambaran de Roy-

bon, présentant les bases d'une transaction dans l'intérêt de tous les ayants droit. *Grenoble*, 1824, in-4, br.

479 — Covstvmes dv balliage de Bar. Redigées par les trois Estatz dudict bailliage..... (publiées par Martin le Marlorat). *S. Mihiel, par François du Bois, MCXIV* (*sic*). — Covstvmes du bailliage de Sens et ancies ressorts d'iceluy. *Sens, de l'imprimerie de Gilles Richeboys*, 1556. — Covstvme de la prevosté et vicomté de Paris, mises et redigées par escrit, par de Thou, Anjorrant, Chartier, etc..... *Paris, chez Jaques du Puis*, 1581. 3 parties en 1 vol. in-4, vél.

Exemplaire très-court de marges, mouillures et notes manuscrites.

480 — Histoire des évesques de l'église de Metz, par le R. P. Meurisse, de l'ordre de Saint-François. *Metz, par Jean Anthoine*, 1654. In-fol., maroq. rouge à comp. (Anc. reliure.)

Aux armes de Choiseul.

481 — Antiquités de la Gaule Belgique, royaume de France, Austrasie et Lorraine; avec l'origine des duchez et comtez de l'ancienne et moderne Brabant, Tongre, Ardennes, Haynault, etc..... Par Maistre Richard de Wassebourg. *S. l. n. d.*, 1549. In-fol., v. ant.

Le titre imprimé manque, on l'a remplacé par un titre manuscrit.

482 — Histoire de la guerre de Flandre, escrite en latin par Famianus Strada, de la Compagnie de Jésus, mise en françois par P. Du Ryer. *Paris, chez Aug. Courbé*, 1650. 2 vol. in-fol., maroq. rouge, fil. à comp., dos fleurdelisé, tr. dor. (*anc. reliure*).

Aux armes de *Mesdames de France*.

483 — La Capitulation de l'empereur Charles VII. Avec
des remarques instructives..... (par le baron de Spon).
Francfort-sur-le-Meyn, chez François Varrentrapp,
1743. In-4, v. ant., tr. r.

484 — Les gverres de Nassav, descriptes par Guillaume
Baudart. Pourtraits en taille douce, et description des
sieges, batailles, rencontres et autres choses advenues durant les guerres des Pays-Bas..... *Amsterdam, chez
Michel Colin,* 1616. 2 tomes en 1 vol. in-4 obl., 285 pl.,
demi-rel., v. ant., tr. jaune.

> Frontispice et feuillets remontés, court de marges, mouillures.

485 — Pavli Jovii vitæ dvodecim vicecomitvm Mediolani
principvm. *Lutetiæ, ex officina Rob. Stefani,* 1549. In-4,
portraits sur bois, v. f., dos orné, fil., tr. dor.

> Bel exemplaire de cet ouvrage rare. Les armes de M. de Choiseul,
> archevêque de Cambrai, ont été enlevées d'une ancienne reliure en mar.
> r. et rapportées sur les plats de celles de l'exemplaire ci-dessus, qui est
> tout à fait moderne.

486 — Vita di Cosimo Medici, primo grand duca di Tos-
cana, discritta da M. Baccio Baldini. *In Firenze,* 1577.
In-4, v. vert, dent.

487 — Pompa funebre celebrata in Roma al cardinal Maza-
rini. *Roma,* 1661. In-fol. vélin, *figures.*

488 — Description géographique et historique de l'isle de
Corse, par le sieur Bellin. *Paris, Didot,* 1769. In-4, maroquin rouge, large dentelle, tr. dor. (Armoiries.)

> Exemplaire mouillé.

489 — Tableaux topographiques, pittoresques, histori-

ques, moraux et politiques de la Suisse (par Antoine de la Tour Chatillon de Zurlauben, publiés par J.-B. de La Borde). *Paris, de l'impr. de Clousier*, 1780-88. 4 vol. in-fol., demi-rel., maroq. vert, tr. jasp.

Ouvrage recherché par rapport aux 278 gravures dont il est orné.

490 — Descripcion breve del monasterio di S. Lorenzo el Real del Escorial, por el P. Francisco de Los Santos. *En Madrid*, 1657. In-fol., fig., vélin.

Quelques raccommodages.

491 — Exequias hechas en Roma a la Magestad catolica del Rey nuestro senor D. Luis primero, hallandose encargado en los negocios de la embaxada el eminentiss. y reverendiss. senor Don Francisco de Acquaviva y Aragon, cardinal obispo de Sabina y protector de los reynos de Espana. *En Roma*, 1725, in-fol., planches gravées, mar. rouge, ornements à comp., tr. dor. (*Reliure ancienne, armoiries royales.*)

492 — Histoire des révolutions d'Angleterre, par le Père d'Orléans. *La Haye*, 1729, 3 part. en 1 vol. in-4, v. f. (*Aux armes de Choiseul*).

493 — An authentic copy of confederation signed at Utrecht, a. 1578-79, between the United Provinces of the Low countries. *S. d.*, in-fol. goth., br., avec fac-simile des signatures.

494 — London and its environs, illustrated by Th. Schepherd. *London, W. Y.* 2 vol. in-4 cartonnés, n. rogn. Figures sur acier.

495 — The antiquities and history of Ireland, by sir

James Ware. *Dublin, printed by Brook,* 1705, in-fol., portraits et pl., v. ant.

Mouillures.

496 — THE GENERAL HISTORY OF IRELAND by J. Keating. *London,* 1723, in-fol., v. (titre doublé).

497 — THE HISTORY AND ANTIQUITIES of the county of Rutland, by James Wright. *London,* 1684, in-fol. v., fig.

498 — SUECIA ANTIQUA [ET HODIERNA. *S. l. s a*, 3 vol. in-fol. bas., tr. r.

Recueil de planches représentant des villes, palais, vues, etc. de la Suède. Exemplaire sans texte, une table seulement en tête du tome I.

499 — OBSERVATIONS SUR LA RUSSIE, 1761, in-folio, v. m.

Manuscrit du siècle dernier, d'une bonne écriture.

500 — L'HISTOIRE DE LA DÉCADENCE DE L'EMPIRE GREC et establissement de celuy des Turcs, par Chalcondile, athénien, de la traduction de B. de Vigenere, Bourbonais, et illustrée par luy de curieuses recherches trouvées depuis son décès, avec la continuation de la mesme histoire, depuis la ruine du Péloponèse jusques à l'an 1612, par Thomas Artus, sieur d'Embry. *Paris,* 1650, 2 vol. in-fol., v. br.

501 — HISTOIRE DU RÈGNE DU SULTAN OSMAN, vingtième empereur des Ottomans, traduit de l'historien turc Naima Effendi. In-4, maroq. bleu, fil., doublé de satin rose, tr. dor. (*aux armes de Choiseul*). Ancienne reliure.

502 — QUELQUES SOUVENIRS d'une campagne en Turquie, par M. H. de Béarn. *S. l. n. d.,* in-fol., texte et planches lithogr., demi-rel. chagr. rouge.

503 — Essay sur le gouvernement des Turcs, par le
baron de Tott, 1762, in-4, mar. r., large dentelle, tr. dor.
(Aux armes du duc de Choiseul.)

Reliure de Pasdeloup. Très-beau manuscrit signé de l'auteur. Il est
orné de 18 petites gouaches.

504 — Description géographique, historique, chronologique, politique et physique de l'empire de la Chine et
de la Tartarie chinoise, enrichie des cartes generales et
particulières de ces pays, de la carte generale et des
cartes particulieres du Thibet et de la Corée, et ornée
d'un grand nombre de figures et de vignettes gravées en
taille-douce, par le P. J. B. du Halde, de la Compagnie
de Jésus. *Paris*, 1735, 4 vol. in-fol., v. antiq., marb.

505 — Les Militaires au-delà du Gange, par M. de La-
Looz. *Paris, chez Bailly*, 1770, 2 vol. in-8, grav. et
pl., mar r., dos orné, fil., dent. int., tr. dor. (*armes de
Choiseul-Stainville*).

Exemplaire en grand papier de Hollande.

506 — Egypte, Nubie, Palestine et Syrie. Dessins photo-
graphiques accompagnés d'un texte explicatif et précédés
d'une introduction par Maxime du Camp. *Paris, Gide et
J. Baudry*, 1852, 2 vol. in-fol., demi-rel., maroq. vert
avec coins, fil., tête dor., n. rog.

507 — **DESCRIPTION DE L'EGYPTE,** ou Recueil des
observations et des recherches qui ont été faites en
Egypte pendant l'expédition de l'armée française (ouvrage
publié sous la direction de M. Jomard). *Paris, impr. roy.*,
1809-13, *et impr. roy*, 1818-28, 10 vol. in-fol. de texte,
demi-rel., v. fauve antiq., tr. marb., 11 vol. in-fol. de
planches; plus, 3 vol. gr. in-fol. cart., et un rouleau.

508 — JOURNAL de l'Expédition aux Portes de fer, rédigé par Ch. Nodier. *Paris, imprim. roy.*, 1844, gr. in-8, mar. r., fil., tr. dor. *Figures.*

Exemplaire du maréchal Sebastiani.

CHEVALERIE. — NOBLESSE

509 — MÉMOIRES sur l'ancienne chevalerie, considérée comme un établissement politique et militaire, par M. de La Curne de Sainte-Palaye. *Paris, chez Nic.-Bonav. Duchesne*, 1759 à 1781, 3 vol. in-12, v. ant , marb., dos orné, tr. r.

510 — TRAITÉ DES TOURNOIS, ioustes, carrousels et autres spectacles publics (par le P. Menestrier). *Lyon, chez Jacques Muguet*, 1669, in-8, fig., bas., dent., dos et plats semés de fleurs de lis.

511 — THURNIER BUCH... (Livre des tournois). *Gedruckt zu Frankfurt am Meyn*, 1566, in-fol., mar. br., figures, tr. dor.

Ouvrage curieux et rare.

512 — LES STATUTS DE L'ORDRE DU SAINT-ESPRIT, estably par Henri III° .du nom, roy de France et de Pologne. *Imprimerie royale*, 1703, in-4, v. antiq, fil., tr. dor. (*aux armes de Louis XIV*).

513 — L'OFFICE des chevaliers de l'ordre du Saint-Esprit.

De l'imprimerie royale, 1703, in-12 réglé, mar. r., tr.
dor. (*Reliure ancienne.*)

Bel exemplaire. La croix de l'ordre du Saint-Esprit est sur les plats.

514 — CATALOGUE des chevaliers, commandeurs et officiers de l'ordre du Saint-Esprit, avec leurs noms et qualités, depuis l'institution jusqu'à présent. *Paris*, 1760,
in-fol., front. gravé d'après Boucher, blasons, v. antiq.,
avec la plaque de l'ordre sur les plats du volume.

Exemplaire en *grand papier*.

515 — LES ARMES ET BLASONS des chevaliers de l'ordre du
Saint-Esprit creez par Louis XIII, par Jacques Morin.
S. d., in-fol. vélin, planches d'armoiries.

516 — MÉMOIRES HISTORIQUES concernant l'ordre royal et
militaire de Saint-Louis, et l'institution du Mérite militaire (par Meslin). *Paris, de l'imprimerie roy.*, 1785,
in-4, mar. r., dos orné, fil., tr. dor. (Croix de l'ordre
sur les plats.)

517 — LE TROPHÉE D'ARMES HÉRALDIQUES, ou la Science du
blason. *Paris, chez la veuve Nicolas de La Coste*, 1671,
in-4, pl. vél.

518 — LA NOUVELLE MÉTHODE RAISONNÉE DU BLASON, pour
l'apprendre d'une manière aisée, réduite en leçons, par
demandes et par réponses, par le P. T. F. Menestrier.
Nouvelle édition. *Lyon, chez les frères Brvyset*, 1723,
in-12, front., et pl. de blasons, v. ant., granit, tr. r.

519 — REMARQUES SUR LA NOBLESSE, dédiées aux assem-
blées provinciales (par Maugard). *Paris, chez Prault*,

1787, in-8, mar. r., dos orné, 3 fil., tr. dor. (*armes du maréchal de Choiseul*).

520 — Histoire généalogique et chronologique de la maison royale de France, des pairs, grands officiers de la couronne et de la maison du roy et des anciens barons du royaume. le tout dressé sur titres originaux, etc., par le P. Anselme, augustin déchaussé, continuée par M. Du Fourny, 3ᵉ édition revue, corrigée et augmentée par les soins du P. Ange et du P. Simplicien. *Paris*, 1726, 9 vol. in-fol., v. brun.

Aux armes de Choiseul.

521 — Alliances généalogiques des rois et princes de Gaule, par Claude Paradin. *Genève*, 1606, *par Jean de Tournes*, in-fol., bas.

522 — Les Familles de la France, illustrées par les monuments des médailles anciennes et modernes, tirées des plus rares et curieux cabinets du royaume sur les métaux d'or, argent, et bronze, par Jacques de Bie, calcographe. *Paris, s. d.*, in-fol., demi-rel., v. antiq.

523 — Le Simple crayon, utile et curieux, de la noblesse des duchés de Lorraine et de Bar, et des eveschés de Metz, Toul et Verdun, par le sieur Husson. 1674, pet. in-folio, v.

Ouvrage très-rare.

524 — Histoire généalogique de la maison de Beauveau, par Scevole et Louis de Sainte-Marthe. *Paris*, 1626, in-fol., vélin, *blasons*.

7

525 — Histoire généalogique de la maison de Beauveau
par Scevole et Louys de Saincte-Marthe. *Paris,* 1626, in-
fol., vélin.

Blasons. Notes manuscrites.

526 — Histoire généalogique de la maison de Béthune,
par André Duchesne, historiographe du roy. *Paris, Sébastien Cramoisy,* 1639, in-fol. parch.

527 — Histoire généalogique de la maison de Béthune,
par André Duchesne, historiographe du roy. *Paris,
chez Sébastien Cramoisy,* 1639, in-fol. v. br.

528 — Histoire généalogique de la Maison du Châtelet,
branche puînée de la Maison de Lorraine, par le révérend
père dom Augustin Calmet, abbé de Sénone. *Nancy,*
1741, in-fol. v. antiq.

Aux armes de Du Châtelet.

529 — Histoire généalogique de la Maison royale de Dreux
et de quelques autres familles illustres, par André Duchesne, tourangeau. *Paris, chez Sébastien Cramoisy,*
1631, in-fol. v. antiq.

Aux armes de *De Thou.*

530 — Les Montmorency de France et les Montmorency
d'Irlande, ou précis historique des démarches faites, à
l'occasion de la reprise du nom de ses ancêtres, par la
branche des [Montmorency-Marisco-Morrès, par le chef

de cette dernière maison. *Paris, de l'imprimerie de Plassan et Cie*, 1828, in-4, grav., demi-rel. bas. verte, ébarbé.

531 — A GENEALOGICAL AND HERALDIC DICTIONNARY of the peerage and baronetage of the British empire, by sir Bernard Burke. Thirty first edition. *London, Harrisson*, 1869, 1 fort vol. in-8, fig., cart. toile r., tête dor., ébarbé.

ARCHÉOLOGIE

532 — L'ANTQIUITÉ expliquée et représentée en figures, par dom Bernard de Montfaucon, religieux bénédictin de la congrégation de Saint-Maur. *Paris, Desaulne*, 1719, 5 tomes en 10 vol. in-fol. — Supplément. *Paris*, 1724, 5 vol. Ens. 15 vol. in-fol. v. brun.

Exemplaire en *grand papier*. Bonnes épreuves.

533 — HISTOIRE DE L'ART DE L'ANTIQUITÉ, par **M. Winkelmann** ; traduite de l'allemand par **M. Huber**. *Leipzig*, 1781, 3 vol. in-4, v. antiq.

534 — ANTIQUITATES SACRAE et civiles Romanorum expli-

catae, sive commentarii historici, mythologici, etc. *Ha-gae Comitum*, 1726, in-fol., maroq. rouge, dos orné, fil.,
tr. dor.

Aux armes de Choiseul.

535 — Musée des Antiques dessiné et gravé par J. Bouillon,
avec des notes explicatives par J.-B. de Saint-Victor.
Paris, P. Didot l'aîné, s. l. 3 vol. gr. in-fol. demi-rel.
v. rouge.

Très-bel exemplaire.

536 — Antiquités d'Herculanum gravées par Th. Piroli et
publiées par I. et P. Piranesi frères. 1804, 6 vol. in-4,
demi-rel. v. rouge., n. rog.

537 — Les Ruines des plus beaux monuments de la Grèce,
par M. Le Roy, architecte. *Paris*, 1758, 2 parties en
1 vol. in-8, demi-rel. v. antiq.

538 — Les restes de l'ancienne Rome, recherchez avec
soin, mesurez, dessinez sur les lieux et graver, par feu Bo-
naventure d'Overbeke sous les pontificats d'Innocent XI,
Alexandre VIII et Innocent XII. *Amsterdam, de l'im-primerie de Jean Crellius*, 1709, 2 tomes en 1 vol. in-fol.,
maroq. bleu, fil., tr. dor. (*anc. reliure*).

Aux armes de Choiseul.

539 — Les Edifices antiques de Rome, dessinés et mesurés
très-exactement, par Antoine Desgodetz, architecte.
Paris, chez Jean-Baptiste Coignard, 1682, in-fol., v.
brun.

540 — Les plus beaux monuments de Rome ancienne, ou
recueil des plus beaux morceaux de l'antiquité romain qui
existent encore, dessinés par Monsieur Barbault, peintre,
et gravés en 128 planches avec leur explication. *Rome,
chez Bouchard et Gravier, libraires,* 1761, gr. in-fol., v.
antiq.

541 — Villa Borghese fuori di Porta Pinciana con l'or-
namenti, che si offeranno nel di lei Palazzo, etc.... *In
Roma, per Gio. Francesco Buagui,* 1700, in-8, vélin,
dos orné (*armes de Choiseul*).

542 — Ruins of the Palace of the Emperor Diocletian at
Spalatro in Dalmatia, by R. Adam. *Printed for the Author,*
1764, gr. in-fol., v.

543 — Colonna Trajana eretta dal senato e popolo romano
all' imperatore Traiano Augusto nel suo foro in Roma.
In-4 obl., v. antiq.

544 — Admiranda Romanarum antiqvitatum ac veteris
sculpturae vestigia. A Petro Sancto Bartolo dolineata in-
cisa .... notis Jio.Petri Bellorii illustrata. *Romae.... ex
suistypis edidit J. de Rubeis, s. a.* in-fol. oblong., pl.,
mar. r., dos orné, large dent., tr. dor. (*Rel. anc.*)

Bel exemplaire, aux armes de France.

545 — Pierres antiques gravées, sur lesquelles les gra-
veurs ont mis leurs noms, dessinés et gravés en cuivre
sur les originaux, ou d'après les empreintes, par Bernard
Picart, tirées des principaux cabinets de l'Europe, expli-
quées par M. Philippe de Stosch, conseiller de S. M. le

roi de Pologne, etc., et traduites en français par M. de Limiers. *Amsterdam, chez Bernard Picart et Romain,*
1724, in-fol., v. antiq., marb. (70 planches.)

546 — PIERRES ANTIQUES gravées, sur lesquelles les gra-
veurs ont mis leurs noms, dessinés et gravés en cuivre
sur les originaux, ou d'après les empreintes, par Bernard
Picart, tirées des principaux cabinets de l'Europe, expli-
quées par M. Philippe de Stosch et traduites en français
par M. de Limiers. *Amsterdam*, 1724, gr. in fol., v.
fauve antiq., dos orné, fil., tr. dor.

547 — PICTURAE ETRUCORUM in vasculis nunc primum in
unum collectae, explicationibus et dissertationibus inlus-
tratae Joh. Baptista Passerio nob. Pisaur. *Romae*, 1767.
3 vol. gr. in-fol. v. antiq., large dent. à comp. (*aux armes
d'un cardinal.*)

Planches en couleurs.

548 — ANTIQUITÉS ÉTRUSQUES, grecques et romaines, tirées du cabinet de M. Hamilton (par P. F. Hugues, dit
d'Hancarville, un anglais et en français) *Naples*, 1766-67.
4 vol. gr. in-fol., figures color., v. antiq , marb.,
tr. dor.

Ouvrage précieux, exécuté avec beaucoup de luxe.

HISTOIRE LITTÉRAIRE

BIOGRAPHIE

549 — HISTOIRE DE L'ACADÉMIE ROYALE des inscriptions et belles-lettres. *Paris, de l'imprimerie royale,* 1717-1786. 43 vol. in-4, v. antiq., fil., tr. dor. et tr. rouges. (Aux armes de Choiseul.)

    Les tomes XXIX, XXX, XXXI et XXXII sont en maroq. rouge. (Rel. ancienne.)

550 — LE GRAND DICTIONNAIRE historique, ou le Mélange curieux de l'histoire sacrée et profane, etc., par L. Moreri. *Paris,* 1759. 10 vol. in-fol. v. antiq., marb.

    Bel exemplaire.

551 — DICTIONNAIRE historique et critique de M. Pierre Bayle. *Rotterdam, chez Michel Bohm,* 1720. 4 vol. in-fol. v. antiq., marb.

552 — LA GALERIE DES FEMMES FORTES, par le P. Pierre Le Moyne, de la Compagnie de Jésus. *Paris, chez Antoine de Sommaville,* 1647, in-fol., bas., planches.

    Titre remmargé, raccommodages.

553 — ÉLOGES DES HOMMES ILLUSTRES, peints en la gallerie du Palais-Roial, par B. Griguette. *Diion, chez Pierre Palliot,* 1644, in-4 vél., dos en bas.

    Grand de marges.

554 — Mémoires des divers emplois et des principales actions du maréchal Du Plessy. *Paris, chez Claude Barbin*, 1766, in-4, v. ant., tr. r. (*armes de Choiseul.*)

555 — Histoire de Henri de la Tour d'Auvergne vicomte de Turenne, maréchal général des armées du roy (par le chevalier de Ramsay). *Paris*, 1735, 2 vol. in-4, v. antiq., marb. (*aux armes de Choiseul.*)

556 — Histoire du maréchal de Matignon, gouverneur et lieutenant général pour le roy en Guyenne, par monsieur de Caillière, mareschal de bataille des armées du roy. *Paris, Aug. Courbé*, 1661, in-fol., v. brun.

Portrait et titre défectueux.

557 — Discours sur la vie et la mort, le caractère et les mœurs de M. d'Aguesseau, conseiller d'État, par M. d'Aguesseau son fils. *Au chasteau de Fresnes*, 1720, in-8, mar. r., dos orné, fil., tr. dor. (*armes de Choiseul.*)

Ouvrage tiré à 60 exemplaires, imprimé à Paris chez Delatour, avec les formes composées par le président Saron. — Exemplaire en papier de Hollande.

558 — L'Article Choiseul, dans la partie alphabétique des cent trente et un volumes de l'ancienne Gazette de France, depuis son commencement en 1631, jusqu'à l'année 1761 inclusivement, br. in-4 de 17 pages.

559 — Mémoires biographiques, littéraires et politiques de Mirabeau, écrits par lui-même, par son père, son oncle et son fils adoptif. *Paris, Auffray et Guyot*, 1834, 5 vol. in-8, demi-rel., v. vert, dos orné.

560— Silvio Pellico. Mes prisons, suivies du Discours sur les devoirs des hommes, traduction de M. Antoine de Latour, édition illustrée par Tony Johannot. *Paris, Charpentier,* 1844, gr. in-8, v. bleu, ornements sur les plats, fil., tr. dor.

561 — Entretiens sur les vies et sur les ouvrages des plus excellents peintres anciens et modernes, par M. Félibien. Nouvelle édition. *Londres, chez David Mortier,* 1705. 5 vol. in-12, front., v. ant. granit, dos orné (*armes de Choiseul.*)

Le tome V contient la Vie des architectes et les Conférences de M. Félibien.

562 — Vie de Benvenuto Cellini, orfévre et sculpteur florentin, écrite par lui-même et traduite par D. D. Farjasse. *Paris, Audot,* 1833. 2 vol. in-8, portrait, demi-rel., v. bleu, tr. marb. (*Bibolet*).

563 — Catalogue des livres de la bibliothèque de feu M. le duc de La Vallière, par Guillaume de Bure fils aîné. *Paris, chez Guillaume de Bure,* 1783. 3 vol. in-8, portrait, v. f. ant., marb., tr. r.

564 — A Description of the library at Merly in the county of Dorset (by Ralph Willet). *London, printed for the author,* 1785, in-fol., pl., dos et coins de v.

Ouvrage publié avec la traduction française en regard du texte anglais.

JOURNAUX

565 — Journal de Paris, du mercredi 1er janvier 1777
(n° 1) au mardi 30 avril 1793, 16 années en 36 vol.
in-4, v. ant., marb.

566 — Gazette nationale, ou le Moniteur universel. *Paris*,
1789 à 1805. 26 vol. in-fol., demi-reliure, bas.

Introduction, 1 vol., 1780 à 1800, et les années 1804 et 1805.

RED. :

21

MIRE ISO N° 1

NF Z 43-...

AFNOR

Cedex 7 92080 PARIS LA DEFENSE

graphicom

0 1 2 3 4 5 6 7 8 9 10